Юность

Лев Николаевич Толстой

Youth

Leo Tolstoy

Youth

Copyright © JiaHu Books 2014

First Published in Great Britain in 2014 by Jiahu Books – part of
Richardson-Prachai Solutions Ltd, 34 Egerton Gate, Milton Keynes,
MK5 7HH

ISBN: 978-1-78435-096-3

A CIP catalogue record for this book is available from the British
Library

Visit us at: jiahubooks.co.uk

Глава I.
ЧТО Я СЧИТАЮ НАЧАЛОМ ЮНОСТИ

Я сказал, что дружба моя с Дмитрием открыла мне новый взгляд на жизнь, ее цель и отношения. Сущность этого взгляда состояла в убеждении, что назначение человека есть стремление к нравственному усовершенствованию и что усовершенствование это легко, возможно и вечно. Но до сих пор я наслаждался только открытием новых мыслей, вытекающих из этого убеждения, и составлением блестящих планов нравственной, деятельной будущности; но жизнь моя шла все тем же мелочным, запутанным и праздным порядком.

Те добродетельные мысли, которые мы в беседах перебирали с обожаемым другом моим Дмитрием, *чудесным Митей* , как я сам с собою шепотом иногда называл его, еще нравились только моему уму, а не чувству. Но пришло время, когда эти мысли с такой свежей силой морального открытия пришли мне в голову, что я испугался, подумав о том, сколько времени я потерял даром, и тотчас же, ту же секунду захотел прилагать эти мысли к жизни, с твердым намерением никогда уже не изменять им.

И с этого времени я считаю начало *юности* .

Мне был в то время шестнадцатый год в исходе. Учителя продолжали ходить ко мне, St.-Jérôme присматривал за моим учением, и я поневоле и неохотно готовился к университету. Вне учения занятия мои состояли: в уединенных бессвязных мечтах и размышлениях, в делании гимнастики, с тем чтобы сделаться первым силачом в мире, в шлянии без всякой определенной цели и мысли по всем комнатам и особенно коридору девичьей и в разглядывании себя в зеркало, от которого, впрочем, я всегда отходил с тяжелым чувством уныния и даже отвращения. Наружность моя, я убеждался, не только была некрасива, но я не мог даже утешать себя обыкновенными утешениями в подобных случаях. Я не мог сказать, что у меня выразительное, умное или благородное лицо. Выразительного ничего не было — самые обыкновенные, грубые и дурные черты; глаза маленькие серые, особенно в то время, когда я смотрелся в зеркало, были скорее глупые, чем умные. Мужественного было еще меньше: несмотря на то, что я был не мал ростом и очень силен по летам, все черты лица были мягкие, вялые, неопределенные. Даже и благородного ничего не было; напротив, лицо мое было такое, как у простого мужика, и такие же большие ноги и руки; а это в то время мне казалось очень стыдно.

Глава II.
ВЕСНА

В тот год, как я вступил в университет, Святая была как-то поздно в апреле, так что экзамены были назначены на Фоминой, а на Страстной я должен был и говеть и уже окончательно приготавливаться.

Погода после мокрого снега, который, бывало, Карл Иваныч называл *«сын за отцом пришел»*, уже дня три стояла тихая, теплая и ясная. На улицах не видно было клочка снега, грязное тесто заменилось мокрой, блестящей мостовой и быстрыми ручьями. С крыш уже на солнце стаивали последние капли, в палисаднике на деревьях надувались почки, на дворе была сухая дорожка, к конюшне мимо замерзлой кучи навоза и около крыльца между камнями зеленелась мшистая травка. Был тот особенный период весны, который сильнее всего действует на душу человека: яркое, на всем блестящее, но не жаркое солнце, ручьи и проталинки, пахучая свежесть в воздухе и нежно-голубое небо с длинными прозрачными тучками. Не знаю почему, но мне кажется, что в большом городе еще ощутительнее и сильнее на душу влияние этого первого периода рождения весны, — меньше видишь, но больше предчувствуешь. Я стоял около окна, в которое утреннее солнце сквозь двойные рамы бросало пыльные лучи на пол моей невыносимо надоевшей мне классной комнаты, и решал на черной доске какое-то длинное алгебраическое уравнение. В одной руке я держал изорванную мягкую «Алгебру» Франкера, в другой — маленький кусок мела, которым испачкал уже обе руки, лицо и локти полуфрачка. Николай в фартуке, с засученными рукавами, отбивал клещами замазку и отгибал гвозди окна, которое отворялось в палисадник. Его занятие и стук, который он производил, развлекали мое внимание. Притом я был в весьма дурном, недовольном расположении духа. Все как-то мне не удавалось: я сделал ошибку в начале вычисления, так что надо было все начинать с начала; мел я два раза уронил, чувствовал, что лицо и руки мои испачканы, губка где-то пропала, стук, который производил Николай, как-то больно потрясал мои нервы. Мне хотелось рассердиться и поворчать; я бросил мел, «Алгебру» и стал ходить по комнате. Но мне вспомнилось, что нынче Страстная среда, нынче мы должны исповедоваться, и что надо удерживаться от всего дурного; и вдруг я пришел в какое-то особенное, кроткое состояние духа и подошел к Николаю.

— Позволь, я тебе помогу, Николай, — сказал я, стараясь дать своему голосу самое кроткое выражение; и мысль, что я поступаю хорошо, подавив свою досаду и помогая ему, еще более усилила во мне это кроткое настроение духа.

Замазка была отбита, гвозди отогнуты, но, несмотря на то, что Николай из всех сил дергал за перекладины, рама не подавалась.

«Если рама выйдет теперь сразу, когда я потяну с ним, — подумал я, — значит грех, и не надо нынче больше заниматься». Рама подалась набок и вышла.

— Куда отнести ее? — сказал я.

— Позвольте, я сам управлюсь, — отвечал Николай, видимо удивленный и, кажется, недовольный моим усердием, — надо не спутать, а то там, в чулане, они у меня по номерам.

— Я замечу ее, — сказал я, поднимая раму.

Мне кажется, что, если бы чулан был версты за две и рама весила бы вдвое больше, я был бы очень доволен. Мне хотелось измучиться, оказывая эту услугу Николаю. Когда я вернулся в комнату, кирпичики и соляные пирамидки были уже переложены на подоконник и Николай крылышком сметал песок и сонных мух, в растворенное окно. Свежий пахучий воздух уже проник в комнату и наполнял ее. Из окна слышался городской шум и чириканье воробьев в палисаднике.

Все предметы были освещены ярко, комната повеселела, легкий весенний ветерок шевелил листы моей «Алгебры» и волоса на голове Николая. Я подошел к окну, сел на него, перегнулся в палисадник и задумался.

Какое-то новое для меня, чрезвычайно сильное и

приятное чувство вдруг проникло мне в душу. Мокрая земля, по которой кое-где выбивали ярко-зеленые иглы травы с желтыми стебельками, блестящие на солнце ручьи, по которым вились кусочки земли и щепки, закрасневшиеся прутья сирени с вспухлыми почками, качавшимися под самым окошком, хлопотливое чиликанье птичек, копошившихся в этом кусте, мокрый от таявшего на нем снега черноватый забор, а главное — этот пахучий сырой воздух и радостное солнце говорили мне внятно, ясно о чем-то новом и прекрасном, которое, хотя я не могу передать так, как оно сказывалось мне, я постараюсь передать так, как я воспринимал его, — все мне говорило про красоту, счастье и добродетель, говорило, что как то, так и другое легко и возможно для меня, что одно не может быть без другого, и даже что красота, счастье и добродетель — одно и то же. «Как мог я не понимать этого, как дурен я был прежде, как я мог бы и могу быть хорош и счастлив в будущем! — говорил я сам себе. — Надо скорей, скорей, сию же минуту сделаться другим человеком и начать жить иначе». Несмотря на это, я, однако, долго еще сидел на окне, мечтая и ничего не делая. Случалось ли вам летом лечь спать днем в пасмурную дождливую погоду и, проснувшись на закате солнца, открыть глаза и в расширяющемся четырехугольнике окна, из-под полотняной сторы, которая, надувшись, бьется прутом об подоконник, увидать мокрую от дождя, тенистую, лиловатую сторону липовой аллеи и сырую садовую дорожку, освещенную яркими косыми лучами, услыхать вдруг веселую жизнь птиц в саду и увидать насекомых, которые вьются в отверстии окна, просвечивая на солнце, почувствовать запах последождевого воздуха и подумать: «Как мне не стыдно было проспать такой вечер», — и торопливо вскочить, чтобы идти в сад порадоваться жизнью? Если случалось, то вот образчик того сильного чувства, которое я испытывал в это время.

Глава III.
МЕЧТЫ

«Нынче я исповедаюсь, очищаюсь от всех грехов, — думал я, — и больше уж никогда не буду... (тут я припомнил все грехи, которые больше всего мучили меня), Буду каждое воскресенье ходить непременно в церковь, и еще после целый час читать евангелие, потом из *беленькой*, которую я буду получать каждый месяц, когда поступлю в университет, непременно два с полтиной (одну десятую) я буду отдавать бедным, и так, чтобы никто не знал: и не нищим, а стану отыскивать таких бедных, сироту или старушку, про которых никто не знает.

У меня будет особенная комната (верно, St.-Jérôme'ова), и я буду сам убирать ее и держать в удивительной чистоте; человека же ничего для себя не буду заставлять делать. Ведь он такой же, как и я. Потом буду ходить каждый день в университет пешком (а ежели мне дадут дрожки, то продам их и деньги эти отложу тоже на бедных) и в точности буду исполнять все (что было это «все», я никак бы не мог сказать тогда, но я живо понимал и чувствовал это «все» разумной, нравственной, безупречной жизни). Буду составлять лекции и даже вперед проходить предметы, так что на первом курсе буду первым и напишу диссертацию; на втором курсе уже вперед буду знать все, и меня могут перевести прямо в третий курс, так что я восемнадцати лет кончу курс первым кандидатом с двумя золотыми медалями, потом выдержу на магистра, на доктора и сделаюсь первым ученым в России... даже в Европе я могу быть первым ученым... Ну, а потом? — спрашивал я сам себя, но тут я припомнил, что эти мечты — гордость, грех, про который нынче же вечером надо будет сказать духовнику, и возвратился к началу рассуждений: — Для приготовления к лекциям я буду ходить пешком на Воробьевы горы; выберу себе там местечко под деревом и буду читать лекции; иногда возьму с собой что-нибудь закусить: сыру или пирожок от Педотти, или что-нибудь. Отдохну и потом стану читать какую-нибудь хорошую книгу, или буду рисовать виды, или играть на каком-нибудь инструменте (непременно выучусь играть на флейте). Потом *она* тоже будет ходить гулять на Воробьевы горы и когда-нибудь подойдет ко мне и спросит: кто я такой? Я посмотрю на нее этак печально и скажу, что я сын священника одного и что я счастлив только здесь, когда один, совершенно один-одинешенек. Она подаст мне руку, скажет что-нибудь и сядет подле меня. Так каждый день мы будем приходить сюда, будем друзьями, и я буду целовать ее... Нет, это нехорошо. Напротив, с нынешнего дня я уж больше не буду смотреть на женщин. Никогда, никогда не буду ходить в девичью, даже буду стараться не проходить мимо; а через три года выйду из-под опеки и женюсь непременно. Буду делать нарочно движенья как можно больше, гимнастику каждый день, так что, когда мне будет двадцать пять лет, я буду сильней Раппо. Первый день буду держать по полпуда «вытянутой рукой» пять минут, на другой день двадцать один фунт, на третий день двадцать два фунта и так далее, так что, наконец, по четыре пуда в каждой руке, и так, что буду сильнее всех в дворне; и когда вдруг кто-нибудь вздумает оскорбить меня или станет отзываться непочтительно об ней, я возьму его так, просто, за грудь, подниму аршина на два от земли одной рукой и только подержу, чтоб чувствовал мою силу, и оставлю; но, впрочем, и это нехорошо; нет, ничего, ведь я ему зла не сделаю, а только докажу, что я...» Да не упрекнут меня в том, что мечты моей юности так же ребячески, как мечты детства и отрочества. Я убежден в том, что, ежели мне суждено прожить до глубокой старости и рассказ мой догонит мой возраст, я стариком семидесяти лет буду точно так же невозможно ребячески мечтать, как и теперь. Буду мечтать о какой-нибудь прелестной Марии, которая полюбит меня, беззубого старика, как она полюбила Мазепу, о том, как мой слабоумный сын вдруг сделается министром по какому-нибудь необыкновенному случаю, или о том, как вдруг у меня будет пропасть миллионов денег. Я убежден, что нет человеческого существа и возраста, лишенного этой благодетельной, утешительной способности мечтания. Но, исключая общей черты невозможности — волшебности мечтаний, мечтания каждого человека и каждого возраста имеют свой отличительный характер. В тот период времени, который я считаю пределом отрочества и началом юности, основой моих мечтаний были четыре чувства: любовь к *ней*, к воображаемой женщине, о которой я мечтал всегда в одном и том же смысле и которую всякую минуту ожидал где-нибудь встретить. Эта *она* была немножко Сонечка, немножко Маша, жена Василья, в то время, как она моет белье в корыте, и немножко женщина с жемчугами на белой шее, которую я видел очень давно в театре, в ложе подле нас. Второе чувство было любовь любви. Мне хотелось, чтобы все меня знали и любили. Мне хотелось сказать свое имя: Николай Иртеньев, и чтобы все были поражены этим известием, обступили меня и благодарили бы за что-нибудь. Третье чувство было надежда на необыкновенное, тщеславное счастье — такая сильная и твердая, что она переходила в сумасшествие. Я так был уверен, что очень скоро, вследствие какого-нибудь необыкновенного случая, вдруг сделаюсь самым богатым и самым знатным человеком в мире, что беспрестанно находился в тревожном ожидании чего-то волшебно счастливого. Я все ждал, что вот *начнется*, и я достигну всего, чего может желать человек, и всегда повсюду торопился, полагая, что уже *начинается* там, где меня нет. Четвертое и главное чувство было отвращение к самому себе и раскаяние, но раскаяние до такой степени слитое с надеждой на счастие, что оно не имело в себе ничего печального. Мне казалось так легко и естественно оторваться от всего прошедшего, переделать, забыть все, что было, и начать свою жизнь со всеми ее отношениями совершенно снова, что прошедшее не тяготило, не связывало меня. Я даже наслаждался в отвращении к прошедшему и старался видеть его мрачнее, чем оно было. Чем чернее был круг воспоминаний прошедшего, тем чище и светлее выдавалась из него светлая, чистая точка настоящего и развивались радужные цвета будущего. Этот-то голос раскаяния и страстного желания совершенства и был главным новым душевным ощущением в ту эпоху моего развития, и он-то положил новые начала моему взгляду на себя, на людей и на мир Божий. Благой, отрадный голос, столько раз с тех пор, в те грустные времена, когда душа молча покорялась власти жизненной лжи и разврата, вдруг смело восстававший против всякой неправды, злостно отличавший прошедшее, указывавший, заставляя любить ее, ясную точку настоящего и обещавший добро и счастье в будущем, — благой, отрадный голос! Неужели ты перестанешь звучать когда-нибудь?

Глава IV.
НАШ СЕМЕЙНЫЙ КРУЖОК

Папа эту весну редко бывал дома. Но зато, когда это случалось, он бывал чрезвычайно весел, бренчал на фортепьянах свои любимые штучки, делал сладенькие глазки и выдумывал про всех нас и Мими шуточки, вроде того, что грузинский царевич видел Мими на катанье и так влюбился, что подал прошение в синод об разводной, что меня назначают помощником к венскому посланнику, — и с серьезным лицом сообщал нам эти новости; пугал Катеньку пауками, которых она боялась; был очень ласков с нашими приятелями Дубковым и Нехлюдовым и беспрестанно рассказывал нам и гостям свои планы на будущий год. Несмотря на то, что планы эти почти каждый день изменялись и противоречили один другому, они были так увлекательны, что мы их заслушивались, и Любочка, не смигивая, смотрела прямо на рот папа, чтобы не проронить ни одного слова. То план состоял в том, чтобы нас оставить в Москве в университете, а самому с Любочкой ехать на два года в Италию, то в том, чтоб купить именье в Крыму, на южном берегу, и ездить туда каждое лето, то в том, чтобы переехать в Петербург со всем семейством, и т. п. Но, кроме особенного веселья, в папа последнее время произошла еще перемена, очень удивлявшая меня. Он сшил себе модное платье — оливковый фрак, модные панталоны со штрипками и длинную бекешу, которая очень шла к нему, и часто от него прекрасно пахло духами, когда он ездил в гости, и особенно к одной даме, про которую Мими не говорила иначе, как со вздохом и с таким лицом, на котором так и читаешь слова: «Бедные сироты! Несчастная страсть! Хорошо, что ее уж нет», и т. п. Я узнал от Николая, потому что папа ничего не рассказывал нам про свои игорные дела, что он играл особенно счастливо эту зиму; выиграл что-то ужасно много, положил деньги в ломбард и весной не хотел больше играть. Верно, от этого, боясь не удержаться, ему так хотелось поскорее уехать в деревню. Он даже решил, не дожидаясь моего вступления в университет, тотчас после пасхи ехать с девочками в Петровское, куда мы с Володей должны были приехать после.

Володя всю эту зиму и до самой весны был неразлучен с Дубковым (с Дмитрием же они начинали холодно расходиться). Главные их удовольствия, сколько я мог заключить по разговорам, которые слышал, постоянно заключались в том, что они беспрестанно пили шампанское, ездили в санях под окна барышни, в которую, как кажется, влюблены были вместе, и танцевали визави уже не на детских, а на настоящих балах. Это последнее обстоятельство, несмотря на то, что мы с Володей любили друг друга, очень много разъединило нас. Мы чувствовали слишком большую разницу — между мальчиком, к которому ходят учителя, и человеком, который танцует на больших балах, — чтобы решиться сообщать друг другу свои мысли. Катенька была уже совсем большая, читала очень много романов, и мысль, что она скоро может выйти замуж, уже не казалась мне шуткой; но, несмотря на то, что и Володя был большой, они не сходились с ним и даже, кажется, взаимно презирали друг друга. Вообще, когда Катенька бывала одна дома, ничто, кроме романов, ее не занимало, и она большей частью скучала; когда же бывали посторонние мужчины, то она становилась очень жива и любезна и делала глазами то, что уже я понять никак не мог, что она этим хотела выразить. Потом только, услыхав в разговоре от нее, что одно позволительное для девицы кокетство — это кокетство глаз, я мог объяснить себе эти странные неестественные гримасы глазами, которые других, кажется, вовсе не удивляли. Любочка тоже уже начинала носить почти длинное платье, так что ее гусиные ноги были почти не видны, но она была такая же плакса, как и прежде. Теперь она мечтала уже выйти замуж не за гусара, а за певца или музыканта и с этой целью усердно занималась музыкой. St.-Jérôme, который, зная, что остается у нас в доме только до окончания моих экзаменов, приискал себе место у какого-то графа, с тех пор как-то презрительно смотрел на наших домашних. Он редко бывал дома, стал курить папиросы, которые были тогда большим щегольством, и беспрестанно свистал через карточку какие-то веселенькие мотивы. Мими становилась с каждым днем все огорченнее и огорченнее и, казалось, с тех пор, как мы все начинали вырастать большими, ни от кого и ни от чего не ожидала ничего хорошего.

Когда я пришел обедать, я застал в столовой только Мими, Катеньку, Любочку и St.-Jérôme'а; папа не был дома, а Володя готовился к экзамену с товарищами в своей комнате и потребовал обед к себе. Вообще это последнее время большей частью первое место за столом занимала Мими, которую мы никто не уважали, и обед много потерял своей прелести. Обед уже не был, как при maman или бабушке, каким-то обрядом, соединяющим в известный час все семейство и разделяющим день на две половины. Мы позволяли себе опаздывать, приходить ко второму блюду, пить вино в стаканах (чему подавал пример сам St.-Jérôme), разваливаться на стуле, вставать не дообедав и тому подобные вольности. С тех пор обед перестал быть, как прежде, ежедневным семейным радостным торжеством. То ли дело, бывало, в Петровском, когда в два часа все, умытые, одетые к обеду, сидят в гостиной и, весело разговаривая, ждут условленного часа. Именно в то самое время, как хрипят часы в официантской, чтоб бить два, с салфеткой на руке, с достойным и несколько строгим лицом, тихими шагами входит Фока. «Кушанье готово!» — провозглашает он громким, протяжным голосом, и все с веселыми, довольными лицами, старшие впереди, младшие сзади, шумя крахмаленными юбками и поскрипывая сапогами и башмаками, идут в столовую и, негромко переговариваясь, рассаживаются на известные места. Или то ли дело, бывало, в Москве, когда все, тихо переговариваясь, стоят перед накрытым столом в зале, дожидаясь бабушки, которой Гаврило уже прошел доложить, что кушанье поставлено, — вдруг отворяется дверь, слышен шорох платья, шарканье ног, и бабушка, в чепце с каким-нибудь необыкновенным лиловым бантом, бочком, улыбаясь или мрачно косясь (смотря по состоянию здоровья), выплывает из своей комнаты. Гаврило бросается к ее креслу, стулья шумят, и, чувствуя, как по спине пробегает какой-то холод — предвестник аппетита, берешься за сыроватую крахмаленную салфетку, съедаешь корочку хлеба и с нетерпеливой и радостной жадностью, потирая под столом руки, поглядываешь на дымящие тарелки супа, которые по чинам, годам и вниманию бабушки разливает дворецкий.

Теперь я уже не испытывал никакой ни радости, ни волнения, приходя к обеду.

Болтовня Мими, St.-Jérôme'а и девочек о том, какие ужасные сапоги носит русский учитель, как у княжон Корнаковых платья с воланами и т. д., — болтовня их, прежде внушавшая мне искреннее презрение, которое я, особенно в отношении Любочки и Катеньки, не старался скрывать, не вывела меня из моего нового, добродетельного расположения духа. Я был необыкновенно кроток; улыбаясь, слушал их особенно ласково, почтительно просил передать мне квасу и согласился с St.-Jérôme'ом, поправившим меня в фразе, которую я сказал за обедом, говоря, что красивее говорить je puis[1], чем je peux. Должен, однако, сознаться, что мне было

_____

1 я могу

несколько неприятно то, что никто не обратил особенного внимания на мою кротость и добродетель. Любочка показала мне после обеда бумажку, на которой она записала все свои грехи; я нашел, что это очень хорошо, но что еще лучше в душе своей записать все свои грехи, и что «все это не то».

— Отчего же не то? — спросила Любочка.

— Ну, да и это хорошо; ты меня не поймешь, — и я пошел к себе на верх, сказав St.-Jérôme'у, что иду заниматься, но, собственно, с тем, чтобы до исповеди, до которой оставалось часа полтора, написать себе на всю жизнь расписание своих обязанностей и занятий, изложить на бумаге цель своей жизни и правила, по которым всегда уже, не отступая, действовать.

Глава V.
ПРАВИЛА

Я достал лист бумаги и прежде всего хотел приняться за расписание обязанностей и занятий на следующий год. Надо было разлиневать бумагу. Но так как линейки у меня не нашлось, я употребил для этого латинский лексикон. Кроме того, что, проведя пером вдоль лексикона и потом отодвинув его, оказалось, что вместо черты я сделал по бумаге продолговатую лужу чернил, — лексикон не хватал на всю бумагу, и черта загнулась по его мягкому углу. Я взял другую бумагу и, передвигая лексикон, разлиневал кое-как. Разделив свои обязанности на три рода: на обязанности к самому себе, к ближним и к Богу, я начал писать первые, но их оказалось так много и столько родов и подразделений, что надо было прежде написать «Правила жизни», а потом уже приняться за расписание. Я взял шесть листов бумаги, сшил тетрадь и написал сверху: «Правила жизни». Эти два слова были написаны так криво и неровно, что я долго думал: не переписать ли? и долго мучился, глядя на разорванное расписание и это уродливое заглавие. Зачем все так прекрасно, ясно у меня в душе и так безобразно выходит на бумаге и вообще в жизни, когда я хочу применять к ней что-нибудь из того, что думаю?..

— Духовник приехали, пожалуйте вниз правила слушать, — пришел доложить Николай.

Я спрятал тетрадь в стол, посмотрел в зеркало,

причесал волосы кверху, что, по моему убеждению, давало мне задумчивый вид, и сошел в диванную, где уже стоял накрытый стол с образом и горевшими восковыми свечами. Папа в одно время со мною вошел из другой двери. Духовник, седой монах с строгим старческим лицом, благословил папа. Папа поцеловал его небольшую широкую сухую руку; я — сделал то же.

— Позовите Вольдемара, — сказал папа. — Где он? Или нет, ведь он в университете говеет.

— Он занимается с князем, — сказала Катенька и посмотрела на Любочку. Любочка вдруг покраснела отчего-то, сморщилась, притворясь, что ей что-то больно, и вышла из комнаты. Я вышел вслед за нею. Она остановилась в гостиной и что-то снова записала карандашиком на свою бумажку.

— Что, еще новый грех сделала? — спросил я.

— Нет, ничего, так, — отвечала она, краснея.

В это время в передней послышался голос Дмитрия, который прощался с Володей.

— Вот, тебе все искушение, — сказала Катенька, входя в комнату и обращаясь к Любочке.

Я не мог понять, что делалось с сестрой: она была сконфужена так, что слезы выступили у нее на глаза и что смущение ее, дойдя до крайней степени, перешло в досаду на себя и на Катеньку, которая, видимо, дразнила ее.

— Вот видно, что ты *иностранка* (ничего не могло быть обиднее для Катеньки названия иностранки, с этой-то целью и употребила его Любочка), — перед этаким таинством, — продолжала она с важностью в голосе, — и ты меня нарочно расстраиваешь… ты бы должна понимать… это совсем не шутка…

— Знаешь, Николенька, что она написала? — сказала Катенька, разобиженная названием *иностранки* , — она написала…

— Не ожидала я, чтоб ты была такая злая, — сказала Любочка, совершенно разнюнившись, уходя от нас, — в такую минуту, и нарочно, целый век, все вводит в грех. Я к тебе не пристаю с твоими чувствами и страданиями.

Глава VI.
ИСПОВЕДЬ

С этими и подобными рассеянными размышлениями я вернулся в диванную, когда все собрались туда и духовник, встав, приготовился читать молитву перед исповедью. Но как только посреди общего молчания раздался выразительный, строгий голос монаха, читавшего молитву, и особенно когда произнес к нам слова: «*Откройте все ваши прегрешения без стыда, утайки и оправдания, и душа ваша очистится пред Богом, а ежели утаите что-нибудь, большой грех будете иметь* », — ко мне возвратилось чувство благоговейного трепета, которое я испытывал утром при мысли о предстоящем таинстве. Я даже находил наслаждение в сознании этого состояния и старался удержать его, останавливая все мысли, которые мне приходили в голову, и усиливаясь чего-то бояться.

Первый прошел исповедоваться папа. Он очень долго пробыл в бабушкиной комнате, и во все это время мы все в диванной молчали или шепотом переговаривались о том, кто пойдет прежде. Наконец опять из двери послышался голос монаха, читавшего молитву, и шаги папа. Дверь скрипнула, и он вышел оттуда, по своей привычке покашливая, подергивая плечом и не глядя ни на кого из нас.

— Ну, теперь ты ступай, Люба, да смотри все скажи. Ты ведь у меня большая грешница, — весело сказал папа, щипнув ее за щеку.

Любочка побледнела и покраснела, вынула и опять спрятала записочку из фартука и, опустив голову, как-то укоротив шею, как будто ожидая удара сверху, прошла в дверь. Она пробыла там недолго, но, выходя оттуда, у нее плечи подергивались от всхлипываний.

Наконец после хорошенькой Катеньки, которая, улыбаясь, вышла из двери, настал и мой черед. Я с тем же тупым страхом и желанием умышленно все больше и больше возбуждать в себе этот страх вошел в полуосвещенную комнату. Духовник стоял перед налоем и медленно обратил ко мне свое лицо.

Я пробыл не более пяти минут в бабушкиной комнате, но вышел оттуда счастливым и, по моему тогдашнему убеждению, совершенно чистым, нравственно переродившимся и новым человеком. Несмотря на то, что меня неприятно поражала вся старая обстановка жизни, те же комнаты, те же мебели, та же моя фигура (мне бы хотелось, чтоб все внешнее изменилось так же, как, мне казалось, я вам изменился внутренно), — несмотря на это, я пробыл в этом отрадном настроении духа до самого того времени, как лег в постель.

Я уже засыпал, перебирая воображением все грехи, от которых очистился, как вдруг вспомнил один стыдный грех, который утаил на исповеди. Слова молитвы перед исповедью вспомнились мне и не переставая звучали у меня в ушах. Все мое спокойствие мгновенно исчезло. «А ежели утаите, большой грех будете иметь...» — слышалось мне беспрестанно, и я видел себя таким страшным грешником, что не было для меня достойного наказания. Долго я ворочался с боку на бок, передумывая свое положение, и с минуты на минуту ожидая Божьего наказания и даже внезапной смерти, — мысль, приводившая меня в неописанный ужас. Но вдруг мне пришла счастливая мысль: чем свет идти или ехать в монастырь к духовнику и снова исповедаться, — и я успокоился.

Глава VII.
ПОЕЗДКА В МОНАСТЫРЬ

Я несколько раз просыпался ночью, боясь проспать утро, и в шестом часу уж был на ногах. В окнах едва брезжилось. Я надел свое платье и сапоги, которые, скомканные и нечищеные, лежали у постели, потому что Николай еще не успел убрать, и, не молясь Богу, не умываясь, вышел в первый раз в жизни один на улицу.

На противоположной стороне, из-за зеленой крыши большого дома, краснелась туманная, студеная заря. Довольно сильный утренний весенний мороз сковал грязь и ручьи, колол под ногами и щипал мне лицо и руки. В нашем переулке не было еще ни одного извозчика, на которых я рассчитывал, чтобы скорее съездить и вернуться. Только тянулись какие-то возы по Арбату, и два рабочие каменщика, разговаривая, прошли по тротуару. Пройдя шагов тысячу, стали попадаться люди и женщины, шедшие с корзинками на рынок; бочки, едущие за водой; на перекресток вышел пирожник; открылась одна калашная, и у Арбатских ворот попался извозчик, старичок, спавший, покачиваясь, на своих калиберных, облезлых, голубоватеньких и заплатанных дрожках. Он спросонков, должно быть, запросил с меня всего двугривенный до монастыря и назад, но потом вдруг опомнился и, только что я хотел садиться, захлестал свою лошаденку концами вожжей и совсем было уехал от меня. «Кормить лошадь надо! нельзя, барин», — бормотал он.

Насилу я уговорил его остановиться, предложив ему два двугривенных. Он остановил лошадь, внимательно осмотрел меня и сказал: «Садись, барин». Признаюсь, я боялся несколько, что он завезет меня в глухой переулок и ограбит. Ухватив его за воротник изорванного армячишка, причем его сморщенная шея над сильно сгорбленной спиной как-то жалобно обнажалась, я влез верхом на волнообразное голубенькое колыхающееся сиденье, и мы затряслись вниз по Воздвиженке. Дорогой я успел заметить, что спинка дрожек была обита кусочком зеленоватенькой материи, из которой был и армяк извозчика; это обстоятельство почему-то успокоило меня, и я уже не боялся, что извозчик завезет меня в глухой переулок и ограбит.

Солнце уже поднялось довольно высоко и ярко золотило куполы церквей, когда мы подъехали к монастырю. В тени еще держался мороз, но по всей дороге текли быстрые мутные ручьи, и лошадь шлепала по оттаявшей грязи. Войдя в монастырскую ограду, у первого лица, которое я увидал, я спросил, как бы мне найти духовника.

— Вон его келья, — сказал мне проходивший монах, останавливаясь на минутку и указывая на маленький домик с крылечком.

— Покорно вас благодарю, — сказал я...

Но что обо мне могли думать монахи, которые, друг за другом выходя из церкви, все глядели на меня? Я был ни большой, ни ребенок; лицо мое было не умыто, волосы не причесаны, платье в пуху, сапоги не чищены и еще в грязи. К какому разряду людей относили меня мысленно монахи, глядевшие на меня? А они смотрели на меня внимательно. Однако я все-таки шел по направлению, указанному мне молодым монахом.

Старичок в черной одежде, с густыми седыми бровями, встретился мне на узенькой дорожке, ведущей к кельям, и спросил, что мне надо?

Была минута, что я хотел сказать «ничего», — бежать назад к извозчику и ехать домой, но, несмотря на надвинутые брови, лицо старика внушало доверие. Я сказал, что мне нужно видеть духовника, назвав его по имени.

— Пойдемте, *барчук* , я вас проведу, — сказал он, поворачиваясь назад и, по-видимому, сразу угадав мое положение, — батюшка в утрени, он скоро пожалует.

Он отворил дверь и через чистенькие сени и переднюю, по чистому полотняному половику, провел меня в келью.

— Вот тут и подождите, — сказал он мне с добродушным, успокоительным выражением и вышел.

Комнатка, в которой я находился, была очень невелика и чрезвычайно опрятно убрана. Всю мебель составляли столик, покрытый клеенкой, стоявший между двумя маленькими створчатыми окнами, на которых стояли два горшка герания, стоечка с образами и лампадка, висевшая перед ними, одно кресло и два стула. В углу висели стенные часы с разрисованным цветочками циферблатом и подтянутыми на цепочках медными гирями; на перегородке, соединявшейся с потолком деревянными, выкрашенными известкой палочками (за которой, верно, стояла кровать), висело на гвоздиках две рясы.

Окна выходили на какую-то белую стену, видневшуюся в двух аршинах от них. Между ими и стеной был маленький куст сирени. Никакой звук снаружи не доходил в комнату, так что в этой тишине равномерное, приятное постукивание маятника казалось сильным звуком. Как только я остался один в этом тихом уголке, вдруг все мои прежние мысли и воспоминания выскочили у меня из головы, как будто их никогда не было, и я весь погрузился в какую-то невыразимо приятную задумчивость. Эта нанковая пожелтевшая ряса с протертой подкладкой, эти истертые кожаные черные переплеты книг с медными застежками, эти мутно-зеленые светы с тщательно политой землей и отмытыми листьями, а особенно этот однообразно прерывистый звук маятника — говорили мне внятно про какую-то новую, доселе бывшую мне неизвестной, жизнь, про жизнь уединения, молитвы, тихого, спокойного счастия...

«Проходят месяцы, проходят годы, — думал я, — он все один, он все спокоен, он все чувствует, что совесть его чиста пред Богом и молитва услышана им». С полчаса я просидел на стуле, стараясь не двигаться и не дышать громко, чтобы не нарушать гармонию звуков, говоривших мне так много. А маятник все стучал так же — направо громче, налево тише.

Глава VIII.
ВТОРАЯ ИСПОВЕДЬ

Шаги духовника вывели меня из этой задумчивости.

— Здравствуйте, — сказал он, поправляя рукой свои седые волосы. — Что вам угодно?

Я попросил его благословить меня и с особенным удовольствием поцеловал его желтоватую небольшую руку.

Когда я объяснил ему свою просьбу, он ничего не сказал мне, подошел к иконам и начал исповедь.

Когда исповедь кончилась и я, преодолев стыд, сказал все, что было у меня на душе, он положил мне на голову руки и своим звучным, тихим голосом произнес: «Да будет, сын мой, над тобою благословение отца небесного, да сохранит он в тебе навсегда веру, кротость и смирение. Аминь».

Я был совершенно счастлив; слезы счастия подступали мне к горлу; я поцеловал складку его драдедамовой рясы и поднял голову. Лицо монаха было совершенно спокойно.

Я чувствовал, что наслаждаюсь чувством умиления, и, боясь чем-нибудь разогнать его, торопливо простился с духовником, и, не глядя по сторонам, чтобы не рассеяться, вышел за ограду, и снова сел на колыхающиеся полосатые дрожки. Но толчки экипажа, пестрота предметов, мелькавших перед глазами, скоро разогнали это чувство; и я уже думал о том, как теперь духовник, верно, думает, что такой прекрасной души молодого человека, как я, он никогда не встречал в жизни, да и не встретит, что даже и не бывает подобных. Я в этом был убежден; и это убеждение произвело во мне чувство веселья такого рода, которое требовало того, чтобы кому-нибудь сообщить его.

Мне ужасно хотелось поговорить с кем-нибудь; но так как никого под рукой не было, кроме извозчика, я обратился к нему.

— Что, долго я был? — спросил я.

— Ничего-таки, долго, а лошадь давно кормить пора; ведь я *ночной* , — отвечал старичок извозчик, теперь, по-видимому, с солнышком, повеселевший сравнительно с прежним.

— А мне показалось, что я был всего одну минуту, — сказал я. — А знаешь, зачем я был в монастыре? — прибавил я, пересаживаясь в углублении, которое было на дрожках ближе к старичку извозчику.

— Наше дело какое? Куда седок скажет, туда и везем, — отвечал он.

— Нет, все-таки, как ты думаешь? — продолжал я допрашивать.

— Да, верно, хоронить кого, ездили место покупать, — сказал он.

— Нет, братец; а знаешь, зачем я ездил?

— Не могу знать, барин, — повторил он.

Голос извозчика показался мне таким добрым, что я решился в назидание его рассказать ему причины моей поездки и даже чувство, которое я испытывал.

— Хочешь, я тебе расскажу? Вот видишь ли...

И я рассказал ему все и описал все свои прекрасные чувства. Я даже теперь краснею при этом воспоминании.

— Так-с, — сказал извозчик недоверчиво.

И долго после этого молчал и сидел недвижно, только изредка поправляя полу армяка, которая все выбивалась из-под его полосатой ноги, прыгавшей в большом сапоге на подножке калибера. Я уже думал, что и он думает про меня то же, что духовник, — то есть, что такого прекрасного молодого человека, как я, другого нет на свете; но он вдруг обратился ко мне:

— А что, барин, ваше дело господское.

— Что? — спросил я.

— Дело-то, дело господское, — повторил он, шамкая беззубыми губами.

«Нет, он меня не понял», — подумал я, но уже больше не говорил с ним до самого дома.

Хотя не самое чувство умиления и набожности, но самодовольство в том, что я испытал его, удержалось во мне всю дорогу, несмотря на народ, который при ярком солнечном блеске пестрел везде на улицах; но как только я приехал домой, чувство это совершенно исчезло. У меня не было двух двугривенных, чтоб заплатить извозчику. Дворецкий Гаврило, которому я уже был должен, не давал мне больше взаймы. Извозчик, увидав, как я два раза пробежал по двору, чтоб доставать деньги, должно быть догадавшись, зачем я бегаю, слез с дрожек и, несмотря на то, что казался мне таким добрым, громко начал говорить, с видимым желанием уколоть меня, о том, как бывают шаромыжники, которые не платят за езду.

Дома еще все спали, так что, кроме людей, мне не у кого было занять двух двугривенных. Наконец Василий под самое честное, честное слово, которому (я по лицу его видел) он не верил нисколько, но так, потому что любил меня и помнил услугу, которую я ему оказал, заплатил за меня извозчику. Так дымом разлетелось это чувство. Когда я стал одеваться в церковь, чтоб со всеми вместе идти причащаться, и оказалось, что мое платье не было перешито и его нельзя было надеть, я пропасть нагрешил. Надев другое платье, я пошел к причастию в каком-то странном положении торопливости мыслей и с совершенным недоверием к своим прекрасным наклонностям.

Глава IX.
КАК Я ГОТОВЛЮСЬ К ЭКЗАМЕНУ

В четверг на Святой папа, сестра и Мими с Катенькой уехали в деревню, так что во всем большом бабушкином доме оставались только Володя, я и St.-Jérôme. То настроение духа, в котором я находился в день исповеди и поездки в монастырь, совершенно прошло и оставило по себе только смутное, хотя и приятное, воспоминание, которое все более и более заглушалось новыми впечатлениями свободной жизни.

Тетрадь с заглавием «Правила жизни» тоже была спрятана с черновыми ученическими тетрадями. Несмотря на то, что мысль о возможности составить себе правила на все обстоятельства жизни и всегда руководиться ими нравилась мне, казалась чрезвычайно простою и вместе великою, и я намеревался все-таки приложить ее к жизни, я опять как будто забыл, что это нужно было делать сейчас же, и все откладывал до такого-то времени. Меня утешало, однако, то, что всякая мысль, которая приходила мне теперь в голову, подходила как раз под какое-нибудь из подразделений моих правил и обязанностей: или к правилам в отношении к ближним, или к себе, или к Богу. «Вот тогда я это отнесу туда и еще много, много мыслей, которые мне придут тогда, по этому предмету», — говорил я сам себе. Часто теперь я спрашиваю себя: когда я был лучше и правее — тогда ли, когда верил во всемогущество ума человеческого, или теперь, когда, потеряв силу развития, сомневаюсь в силе и значении ума человеческого? — и не могу себе дать положительного ответа.

Сознание свободы и то весеннее чувство ожидания чего-то, про которое я говорил уже, до такой степени взволновали меня, что я решительно не мог совладеть с самим собою и приготавливался к экзамену очень плохо. Бывало, утром занимаешься в классной комнате и знаешь, что необходимо работать, потому что завтра экзамен из предмета, в котором целых два вопроса еще не прочитаны мной, но вдруг пахнет из окна каким-нибудь весенним духом, — покажется, будто что-то крайне нужно сейчас вспомнить, руки сами собою опускают книгу, ноги сами собой начинают двигаться и ходить взад и вперед, а в голове, как будто кто-нибудь пожал пружинку и пустил в ход машину, в голове так легко и естественно и с такою быстротою начинают пробегать разные пестрые, веселые мечты, что только успеваешь замечать блеск их. И час и два проходят незаметно. Или тоже сидишь за книгой и кое-как сосредоточишь все внимание на то, что читаешь, вдруг по коридору услышишь женские шаги и шум платья, — и все выскочило из головы, и нет возможности усидеть на месте, хотя очень хорошо знаешь, что, кроме Гаши, старой бабушкиной горничной, никто не мог пройти по коридору. «Ну, а ежели это вдруг она? — приходит в голову, — ну, а если теперь-то вот и начнется, а я пропущу?» — и выскакиваешь в коридор, видишь, что это точно Гаша; но уж долго потом не совладеешь с головой. Пружинка пожата, и опять пошла кутерьма страшная. Или вечером сидишь один с сальной свечой в своей комнате; вдруг на секунду, чтоб снять со свечи или поправиться на стуле, отрываешься от книги и видишь, что везде в дверях, по углам темно, и слышишь, что везде в доме тихо, — опять невозможно не остановиться и не слушать этой тишины, и не смотреть на этот мрак отворенной двери в темную комнату, и долго-долго не пробыть в неподвижном положении или не пойти вниз и не пройти по всем пустым комнатам. Часто тоже долго по вечерам я просиживал незамеченным в зале, прислушиваясь к звуку «соловья», которого двумя пальцами наигрывала на фортепьянах Гаша, сидя одна при сальной свечке в большой зале. А уж при лунном свете я решительно не мог не вставать с постели и не ложиться на окно в палисадник и, вглядываясь в освещенную крышу Шапошникова дома, и стройную колокольню нашего прихода, и в вечернюю тень забора и куста, ложившуюся на дорожку садика, не мог не просиживать так долго, что потом просыпался с трудом только в десять часов утра.

Так что, ежели бы не учителя, которые продолжали ходить ко мне, не St.-Jérôme, который изредка нехотя подстрекал мое самолюбие, и, главное, не желание показаться дельным малым в глазах моего друга Нехлюдова, то есть выдержать отлично экзамен, что, по его понятиям, было очень важною вещью, — ежели бы не это, то весна и свобода сделали бы то, что я забыл бы даже все то, что знал прежде, и ни за что бы не выдержал экзамена.

Глава X.
ЭКЗАМЕН ИСТОРИИ

Шестнадцатого апреля я в первый раз под покровительством St.-Jérôme'а вошел в большую университетскую залу. Мы приехали с ним в нашем довольно щегольском фаэтоне. Я был во фраке в первый раз в моей жизни, и все платье, даже белье, чулки, было на мне самое новое и лучшее. Когда швейцар снял с меня внизу шинель и я предстал пред ним во всей красоте своей одежды, мне даже стало несколько совестно за то, что я так ослепителен. Однако, едва только я вступил в светлую паркетную залу, наполненную народом, и увидел сотни молодых людей в гимназических мундирах и во фраках, из которых некоторые равнодушно взглянули на меня, и в дальнем конце важных профессоров, свободно ходивших около столов и сидевших в больших креслах, как я в ту же минуту разочаровался в надежде обратить на себя общее внимание, и выражение моего лица, означавшее дома и еще в сенях как бы сожаление в том, что я против моей воли имею вид такой благородный и значительный, заменилось выражением сильнейшей робости и некоторого уныния. Я даже впал в другую крайность и обрадовался весьма, увидав на ближайшей лавке одного чрезвычайно дурно, нечистоплотно одетого господина, еще не старого, но почти совсем седого, который, в отдалении от других, сидел на задней лавке. Я тотчас же подсел к нему и стал рассматривать экзаменующихся и делать о них свои заключения. Много тут было разнообразных фигур и лиц, но все они, по моим тогдашним понятиям, легко распределялись на три рода.

Были такие же, как я, явившиеся на экзамен с гувернерами или родителями, и в числе их меньшой Ивин с знакомым мне Фростом и Иленька Грап с своим старым отцом. Все таковые были с пушистыми подбородками, имели выпущенное белье и сидели смирно, не раскрывая книг и тетрадей, принесенных с собою, и с видимой робостью смотрели на профессоров и экзаменные столы. Второго рода экзаменующиеся были молодые люди в гимназических мундирах, из которых многие уже брили бороды. Эти были большей частью знакомы между собой, говорили громко, по имени и отчеству называли профессоров, тут же готовили вопросы, передавали друг другу тетради, шагали через скамейки, из сеней приносили пирожки и бутерброды, которые тут же съедали, только немного наклонив голову на уровень лавки. И, наконец, третьего рода экзаменующиеся, которых, впрочем, было немного, были совсем старые, во фраках, но большей частью в сюртуках и без видимого белья. Эти держали себя весьма серьезно, сидели уединенно и имели вид очень мрачный. Тот, который утешил меня тем, что наверно был одет хуже меня, принадлежал к этому последнему роду. Он, облокотившись на обе руки, сквозь пальцы которых торчали всклокоченные полуседые волосы, читал в книге и, только на мгновенье взглянув на меня не совсем доброжелательно своими блестящими глазами, мрачно нахмурился и еще выставил в мою сторону глянцевитый локоть, чтоб я не мог подвинуться к нему ближе. Гимназисты, напротив, были слишком общительны, и я их немножко боялся. Один, сунув мне в руку книгу, сказал: «Передайте вон ему»; другой, проходя мимо меня, сказал: «Пустите-ка, батюшка»; третий, перелезая через лавку, уперся на мое плечо, как на скамейку. Все это мне было дико и неприятно; я считал себя гораздо выше этих гимназистов и полагал, что они не должны были позволять себе со мною такой фамильярности. Наконец начали вызывать фамилии; гимназисты выходили смело и отвечали большей частью хорошо, возвращались весело; наша братья робела гораздо более, да и, как кажется, отвечала хуже. Из старых некоторые отвечали превосходно, другие очень плохо. Когда вызвали Семенова, то мой сосед с седыми волосами и блестящими глазами, грубо толкнув меня, перелез через мои ноги и пошел к столу. Как было заметно по виду профессоров, он отвечал отлично и смело. Возвратившись к своему месту, он, не узнавая о том, сколько ему поставили, спокойно взял свои тетрадки и вышел. Уж несколько раз я содрогался при звуке голоса, вызывающего фамилии, но еще до меня не доходила очередь по алфавитному списку, хотя уже вызывали фамилии, начинающиеся с К. «Иконин и Теньев», вдруг прокричал кто-то из профессорского угла. Мороз пробежал у меня по спине и в волосах.

— Кого звали? Кто Бартеньев? — заговорили вокруг меня.

— Иконин, иди, тебя зовут; да кто же Бартеньев, Морденьев? я не знаю, признавайся, — говорил высокий румяный гимназист, стоявший за мной.

— Вам, — сказал St.-Jérôme.

— Моя фамилия Иртеньев, — сказал я румяному гимназисту. — Разве Иртеньева звали?

— Ну, да; что ж вы нейдете?.. Вишь, какой франт! — прибавил он не громко, но так, что я слышал его слова, выходя из-за скамейки. Впереди меня шел Иконин, высокий молодой человек лет двадцати пяти, принадлежавший к третьему роду, старых. На нем был оливковый узенький фрак, атласный синий галстук, на котором лежали сзади длинные белокурые волосы, тщательно причесанные à la мужик. Я заметил его наружность еще на лавках. Он был недурен собою, разговорчив; и меня особенно поразили в нем странные рыжие волоса, которые он отпустил себе на горле, и еще более странная привычка, которую он имел, — беспрестанно расстегивать жилет и чесать себе грудь под рубашкой.

Три профессора сидели за тем столом, к которому я подошел вместе с Икониным; ни один из них не ответил на наш поклон. Молодой профессор пасовал билеты, как колоду карт, другой профессор, с звездой на фраке, смотрел на гимназиста, говорившего что-то очень скоро про Карла Великого, к каждому слову прибавляя «наконец», и третий, старичок в очках, опустив голову, посмотрел на нас через очки и указал на билеты. Я чувствовал, что взгляд его был совокупно обращен на меня и Иконина и что в нас не понравилось ему что-то (может быть, рыжие волосы Иконина), потому что он сделал, глядя опять-таки на обоих нас вместе, нетерпеливый жест головой, чтоб мы скорее брали билеты. Мне было досадно и оскорбительно, во-первых, то, что никто не ответил на наш поклон, а во-вторых, то, что меня, видимо, соединяли с Икониным в одно понятие *экзаменующихся* и уже предубеждены против меня за рыжие волосы Иконина. Я взял билет без робости и готовился отвечать; но профессор указал глазами на Иконина. Я прочел свой билет: он был мне знаком, и я, спокойно ожидая своей очереди, наблюдал то, что происходило передо мной. Иконин нисколько не оробел и даже слишком смело, как-то всем боком двинулся, чтоб взять билет, встряхнул волосами и бойко прочел то, что было написано на билете. Он открыл было рот, как мне казалось, чтобы начать отвечать, как вдруг профессор со звездой, с похвалой отпустив гимназиста, посмотрел на него. Иконин как будто что-то вспомнил и остановился. Общее молчание продолжалось минуты две.

— Ну, — сказал профессор в очках.

Иконин открыл рот и снова замолчал.

— Ведь не вы одни; извольте отвечать или нет? — сказал молодой профессор, но Иконин даже не взглянул на него. Он пристально смотрел в билет и не произнес ни одного слова. Профессор в очках смотрел на него и сквозь очки, и через очки, и без очков, потому что успел в это время снять их, тщательно протереть стекла и снова надеть. Иконин не произнес ни одного слова. Вдруг улыбка блеснула на его лице, он встряхнул волосами, опять всем боком развернувшись к столу, положил билет, взглянул на всех профессоров поочередно, потом на меня, повернулся и бодрым шагом, размахивая руками, вернулся к лавкам. Профессора переглянулись между собой.

— Хорош голубчик! — сказал молодой профессор, — своекоштный!

Я подвинулся ближе к столу, но профессора продолжали почти шепотом говорить между собой, как будто никто из них и не подозревал моего присутствия. Я был тогда твердо убежден, что всех трех профессоров чрезвычайно занимал вопрос о том, выдержу ли я экзамен и хорошо ли я его выдержу, но что они так только, для важности, притворялись, что это им совершенно все равно и что они будто бы меня не замечают.

Когда профессор в очках равнодушно обратился ко мне, приглашая отвечать на вопрос, то, взглянув ему в глаза, мне немножко совестно было за него, что он так лицемерил передо мной, и я несколько замялся в начале ответа; но потом пошло легче и легче, и так как вопрос был из русской истории, которую я знал отлично, то я кончил блистательно и даже до того расходился, что, желая дать почувствовать профессорам, что я не Иконин и что меня смешивать с ним нельзя, предложил взять еще билет; но профессор, кивнув головой, сказал: «Хорошо-с», — и отметил что-то в журнале. Возвратившись к лавкам, я тотчас же узнал от гимназистов, которые, Бог их знает как, все узнавали, что мне было поставлено пять.

Глава XI.
ЭКЗАМЕН МАТЕМАТИКИ

На следующих экзаменах, кроме Грапа, которого я считал недостойным своего знакомства, и Ивина, который почему-то дичился меня, я уже имел много новых знакомых. Некоторые уже здоровались со мной. Иконин даже обрадовался, увидав меня, и сообщил мне, что он будет переэкзаменовываться из истории, что профессор истории зол на него еще с прошлогоднего экзамена, на котором он будто бы тоже *сбил* его. Семенов, который поступал в один факультет со мной, в математический, до конца экзаменов все-таки дичился всех, сидел молча один, облокотясь на руки и засунув пальцы в свои седые волосы, и экзаменовался отлично. Он был вторым; первым же был гимназист первой гимназии. Это был высокий худощавый брюнет, весьма бледный, с подвязанной черным галстуком щекой и покрытым прыщами лбом. Руки у него были худые, красные, с чрезвычайно длинными пальцами, и ногти обкусаны так, что концы пальцев его казались перевязаны ниточками. Все это мне казалось прекрасным и таким, каким должно было быть *у первого гимназиста* . Он говорил со всеми так же, как и все, даже и я с ним познакомился, но все-таки, как мне казалось, в его походке, движениях губ и черных глазах было заметно что-то необыкновенное, *магнетическое* .

На экзамен математики я пришел раньше обыкновенного. Я знал предмет порядочно, но было два вопроса из алгебры, которые я как-то утаил от учителя и которые мне были совершенно неизвестны. Это были, как теперь помню: теории сочетаний и бином Ньютона. Я сел на заднюю лавку и просматривал два незнакомые вопроса; но непривычка заниматься в шумной комнате и недостаточность времени, которую я предчувствовал, мешали мне вникнуть в то, что я читал.

— Вот он, поди сюда, Нехлюдов, — послышался за мной знакомый голос Володи.

Я обернулся и увидал брата и Дмитрия, которые в расстегнутых сюртуках, размахивая руками, проходили ко мне между лавок. Сейчас видны были студенты второго курса, которые в университете как дома. Один вид их расстегнутых сюртуков выражал презрение к нашему брату поступающему и нашему брату поступающему внушал зависть и уважение. Мне было весьма лестно думать, что все окружающие могли видеть, что я знаком с двумя студентами второго курса, и я поскорее встал им навстречу.

Володя даже не мог удержаться, чтоб не выразить чувства своего превосходства.

— Эх, ты, горемычный! — сказал он. — Что, не экзаменовался еще?

— Нет.

— Что ты читаешь? Разве не приготовил?

— Да, два вопроса не совсем. Тут не понимаю.

— Что? Вот это? — сказал Володя и начал мне объяснять бином Ньютона, но так скоро и неясно, что, в моих глазах прочтя недоверие к своему знанию, он взглянул на Дмитрия и, в его глазах, должно быть, прочтя то же, покраснел, но все-таки продолжал говорить что-то, чего я не понимал.

— Нет, постой, Володя, дай я с ним пройду, коли успеем, — сказал Дмитрий, взглянув на профессорский угол, и подсел ко мне.

Я сейчас заметил, что друг мой был в том

самодовольно-кротком расположении духа, которое всегда на него находило, когда он бывал доволен собой, и которое я особенно любил в нем. Так как математику он знал хорошо и говорил ясно, он так славно прошел со мной вопрос, что до сих пор я его помню. Но едва он кончил, как St.-Jérôme громким шепотом проговорил: «À vous, Nicolas!»[1] — и я вслед за Икониным вышел из-за лавки, не успев пройти другого незнакомого вопроса. Я подошел к столу, у которого сидело два профессора и стоял гимназист перед черной доской. Гимназист бойко выводил какую-то формулу, со стуком ломая мел о доску, и все писал, несмотря на то, что профессор уже сказал ему: «Довольно», — и велел нам взять билеты. «Ну что, ежели достанется теория сочетаний!» — подумал я, доставая дрожащими пальцами билет из мягкой кипы нарезанных бумажек. Иконин с тем же смелым жестом, как и в прошедший экзамен, раскачнувшись всем боком, не выбирая, взял верхний билет, взглянул на него и сердито нахмурился.

— Все этакие черти попадаются! — пробормотал он.

Я посмотрел на свой.

О ужас! это была теория сочетаний!..

— А у вас какой? — спросил Иконин.

Я показал ему.

— Этот я знаю, — сказал он.

— Хотите меняться?

— Нет, все равно, я чувствую, что не в духе, — едва успел прошептать Иконин, как профессор уж подозвал нас к доске.

«Ну, все пропало! — подумал я. — Вместо блестящего экзамена, который я думал сделать, я навеки покроюсь срамом, хуже Иконина». Но вдруг Иконин, в глазах профессора, поворотился ко мне, вырвал у меня из рук мой билет и отдал мне свой. Я взглянул на билет. Это был бином Ньютона.

Профессор был не старый человек, с приятным, умным выражением, которое особенно давала ему чрезвычайно выпуклая нижняя часть лба.

— Что это, вы билетами меняетесь, господа? — сказал он.

— Нет, это он так, давал мне свой посмотреть, господин профессор, — нашелся Иконин, и опять слово господин

---

1 Вам, Николенька!

профессор было последнее слово, которое он произнес на этом месте; и опять, проходя назад мимо меня, он взглянул на профессоров, на меня, улыбнулся и пожал плечами, с выражением, говорившим: «Ничего, брат!» (Я после узнал, что Иконин уже третий год являлся на вступительный экзамен.)

Я отвечал отлично на вопрос, который только что прошел, — профессор даже сказал мне, что лучше, чем можно требовать, и поставил — пять.

Глава XII.
ЛАТИНСКИЙ ЭКЗАМЕН

Все шло отлично до латинского экзамена. Подвязанный гимназист был первым, Семенов — вторым, я — третьим. Я даже начинал гордиться и серьезно думать, что, несмотря на мою молодость, я совсем не шутка.

Еще с первого экзамена все с трепетом рассказывали про латинского профессора, который был будто бы какой-то зверь, наслаждавшийся гибелью молодых людей, особенно своекоштных, и говоривший будто бы только на латинском или греческом языке. St.-Jérôme, который был моим учителем латинского языка, ободрял меня, да и мне казалось, что, переводя без лексикона Цицерона, несколько од Горация и зная отлично Цумпта, я был приготовлен не хуже других, но вышло иначе. Все утро только и было слышно, что о погибели тех, которые выходили прежде меня: тому поставил нуль, тому единицу, того еще разбранил и хотел выгнать и т. д., и т. д. Только Семенов и первый гимназист, как всегда, спокойно вышли и вернулись, получив по пять каждый. Я уже предчувствовал несчастие, когда нас вызвали вместе с Икониным к маленькому столику, против которого страшный профессор сидел совершенно один. Страшный профессор был маленький, худой, желтый человек, с длинными маслеными волосами и с весьма задумчивой физиономией.

Он дал Иконину книгу речей Цицерона и заставил переводить его.

К великому удивлению моему, Иконин не только прочел, но и перевел несколько строк с помощью профессора, который ему подсказывал. Чувствуя свое превосходство перед таким слабым соперником, я не мог не улыбнуться и даже несколько презрительно, когда дело дошло до анализа и

Иконин по-прежнему погрузился в очевидно безвыходное молчание. Я этой умной, слегка насмешливой улыбкой хотел понравиться профессору, но вышло наоборот.

— Вы, верно, лучше знаете, что улыбаетесь, — сказал мне профессор дурным русским языком, — посмотрим. Ну, скажите вы.

Впоследствии я узнал, что латинский профессор покровительствовал Иконину и что Иконин даже жил у него. Я ответил тотчас же на вопрос из синтаксиса, который был предложен Иконину, но профессор сделал печальное лицо и отвернулся от меня.

— Хорошо-с, придет и ваш черед, увидим, как вы знаете, — сказал он, не глядя на меня, и стал объяснять Иконину то, об чем его спрашивал.

— Ступайте, — добавил он; и я видел, как он в тетради баллов поставил Иконину четыре. «Ну, — подумал я, — он совсем не так строг, как говорили». После ухода Иконина он верных минут пять, которые мне показались за пять часов, укладывал книги, билеты, сморкался, поправлял кресла, разваливался на них, смотрел в залу, по сторонам и повсюду, но только не на меня. Все это притворство показалось ему, однако, недостаточным, он открыл книгу и притворился, что читает ее, как будто меня вовсе тут не было. Я подвинулся ближе и кашлянул.

— Ах, да! еще вы? Ну, переведите-ка что-нибудь, — сказал он, подавая мне какую-то книгу, — да нет, лучше вот эту. — Он перелистывал книгу Горация и развернул мне ее на таком месте, которое, как мне казалось, никто никогда не мог бы перевести.

— Я этого не готовил, — сказал я.

— А вы хотите отвечать то, что выучили наизусть, — хорошо! Нет, вот это переведите.

Кое-как я стал добираться до смысла, но профессор на каждый мой вопросительный взгляд качал головой и, вздыхая, отвечал только «нет». Наконец он закрыл книгу так нервически быстро, что захлопнул между листьями свой палец; сердито выдернув его оттуда, он дал мне билет из грамматики и, откинувшись назад на кресла, стал молчать самым зловещим образом. Я стал было отвечать, но выражение его лица сковывало мне язык, и все, что бы я ни сказал, мне казалось не то.

— Не то, не то, совсем не то, — заговорил он вдруг своим гадким выговором, быстро переменяя положение, облокачиваясь об стол и играя золотым перстнем, который у него слабо держался на худом пальце левой руки. — Так нельзя, господа, готовиться в высшее учебное заведение; вы все хотите только мундир носить с синим воротником; верхов нахватаетесь и думаете, что вы можете быть студентами; нет, господа, надо основательно изучать предмет, и т. д., и т. д.

Во все время этой речи, произносимой коверканным языком, я с тупым вниманием смотрел на его потупленные глаза. Сначала мучило меня разочарование не быть третьим, потом страх вовсе не выдержать экзамена, и, наконец, к этому присоединилось чувство сознания несправедливости, оскорбленного самолюбия и незаслуженного унижения; сверх того, презрение к профессору за то, что он не был, по моим понятиям, из людей comme il faut, — что я открыл, глядя на его короткие, крепкие и круглые ногти, — еще более разжигало во мне и делало ядовитыми все эти чувства. Взглянув на меня и заметив мои дрожащие губы и налитые слезами глаза, он перевел, должно быть, мое волнение просьбой прибавить мне балл и, как будто сжалившись надо мной, сказал (и еще при другом профессоре, который подошел в это время):

— Хорошо-с, я поставлю вам переходный балл (это значило два), хотя вы его не заслуживаете, но это только в уважение вашей молодости и в надежде, что вы в университете уже не будете так легкомысленны.

Последняя фраза его, сказанная при постороннем профессоре, который смотрел на меня так, как будто тоже говорил: «Да, вот видите, молодой человек!» — окончательно смутила меня. Была одна минута, когда глаза у меня застлало туманом: страшный профессор с своим столом показался мне сидящим где-то вдали, и мне с страшной, односторонней ясностью пришла в голову дикая мысль: «А что, ежели?.. что из этого будет?» Но я этого почему-то не сделал, а напротив, бессознательно, особенно почтительно поклонился обоим профессорам и, слегка улыбнувшись, кажется той же улыбкой, какой улыбался Иконин, отошел от стола.

Несправедливость эта до такой степени сильно подействовала на меня тогда, что, ежели бы я был свободен в своих поступках, я бы не пошел больше экзаменоваться. Я потерял всякое честолюбие (уже нельзя было и думать о том, чтоб быть третьим), и остальные экзамены я спустил без всякого старания и даже волнения. В общем числе у меня было, однако, четыре с лишком, но это уже вовсе не интересовало меня; я сам с собою решил и доказал это себе весьма ясно, что чрезвычайно глупо и даже mauvais genre[1] стараться быть первым, а надо так, чтоб только ни слишком дурно, ни слишком хорошо, как Володя. Этого я намерен был держаться и впредь в университете, несмотря на то, что в этом случае я в первый раз расходился в мнениях с своим другом.

Я думал уже только о мундире, трехугольной шляпе, собственных дрожках, собственной комнате и, главное, о собственной свободе.

Глава XIII.
Я БОЛЬШОЙ

Впрочем, и эти мысли имели свою прелесть.

Восьмого мая, вернувшись с последнего экзамена, закона Божия, я нашел дома знакомого мне подмастерье от Розанова, который еще прежде приносил на живую нитку сметанные мундир и сюртук из глянцевитого черного сукна с отливом и отбивал мелом лацкана, а теперь принес совсем готовое платье, с блестящими золотыми пуговицами, завернутыми бумажками.

Надев это платье и найдя его прекрасным, несмотря на то, что St.-Jérôme уверял, что спинка сюртука морщила, я сошел вниз с самодовольной улыбкой, которая совершенно невольно распускалась на моем лице, и пошел к Володе, чувствуя и как будто не замечая взгляды домашних, которые из передней и из коридора с жадностью были устремлены на меня. Гаврило, дворецкий, догнал меня в зале, поздравил с поступлением, передал, по приказанию папа, четыре беленькие бумажки и сказал, что, тоже по приказанию папа, с нынешнего дня кучер Кузьма, пролетка и гнедой Красавчик в моем полном распоряжении. Я так обрадовался этому почти неожиданному счастью, что никак не мог притвориться равнодушным перед Гаврилой и, несколько растерявшись и задохнувшись, сказал первое, что мне пришло в голову, —

---

1 дурной вкус

кажется, что «Красавчик отличный рысак». Взглянув на головы, которые высовывались из дверей передней и коридора, не в силах более удерживаться, рысью побежал через залу в своем новом сюртуке с блестящими золотыми пуговицами. В то время как я входил к Володе, за мной послышались голоса Дубкова и Нехлюдова, которые приехали поздравить меня и предложить ехать обедать куда-нибудь и пить шампанское в честь моего вступления. Дмитрий сказал мне, что он, хотя и не любит пить шампанское, нынче поедет с нами, чтобы выпить со мною на Ты; Дубков сказал, что я почему-то похож вообще на полковника; Володя не поздравил меня и весьма сухо только сказал, что теперь мы послезавтра можем ехать в деревню. Как будто, хотя он был и рад моему поступлению, ему немножко неприятно было, что теперь и я такой же большой, как и он. St.-Jérôme, который тоже пришел к нам, сказал очень напыщенно, что его обязанность кончена, что он не знает, хорошо ли, дурно ли она исполнена, но что он сделал все, что мог, и что завтра он переезжает к своему графу. В ответ на все, что мне говорили, я чувствовал, как против моей воли на лице моем расцветала сладкая, счастливая, несколько глупо-самодовольная улыбка, и замечал, что улыбка эта даже сообщалась всем, кто со мной говорил.

И вот у меня нет гувернера, у меня есть свои дрожки, имя мое напечатано в списке студентов, у меня шпага на портупее, будочники могут иногда делать мне честь... я большой, я, кажется, счастлив.

Обедать мы решили у Яра в пятом часу; но так как Володя поехал к Дубкову, а Дмитрий тоже по своей привычке исчез куда-то, сказав, что у него есть до обеда одно дело, то я мог употребить два часа времени, как мне хотелось. Довольно долго я ходил по всем комнатам и смотрелся во все зеркала то в застегнутом сюртуке, то совсем в расстегнутом, то в застегнутом на одну верхнюю пуговицу, и все мне казалось отлично. Потом, как мне ни совестно было показывать слишком большую радость, я не удержался, пошел в конюшню и каретный сарай, посмотрел Красавчика, Кузьму и дрожки, потом снова вернулся и стал ходить по комнатам, поглядывая в зеркала и рассчитывая деньги в кармане и все так же счастливо улыбаясь. Однако не прошло и часу времени, как я почувствовал некоторую скуку или сожаление в том, что никто меня не видит в таком блестящем положении, и мне захотелось движения и деятельности. Вследствие этого я велел заложить дрожки и решил, что мне лучше всего съездить на Кузнецкий мост сделать покупки.

Я вспомнил, что Володя при вступлении в университет купил себе литографии лошадей Виктора Адама, табаку и трубки, и мне показалось необходимым сделать то же самое.

При обращенных со всех сторон на меня взглядах и при ярком блеске солнца на моих пуговицах, кокарде шляпы и шпаге я приехал на Кузнецкий мост и остановился подле магазина картин Дациаро. Оглядываясь на все стороны, я вошел в него. Я не хотел покупать лошадей В. Адама, для того чтобы меня не могли упрекнуть в обезьянстве Володе, но торопясь от стыда в беспокойстве, которое я доставлял услужливому магазинщику, выбрать поскорее, я взял гуашью сделанную женскую голову, стоявшую на окне, и заплатил за нее двадцать рублей. Однако, заплатив в магазине двадцать рублей, мне все-таки казалось совестно, что я обеспокоил двух красиво одетых магазинчиков такими пустяками, и притом казалось, что они все еще слишком небрежно на меня смотрят. Желая им дать почувствовать, кто я такой, я обратил внимание на серебряную штучку, которая лежала под стеклом, и, узнав, что это был porte-crayon[1], который стоил восемнадцать рублей, попросил завернуть его в бумажку и, заплатив деньги и узнав еще, что хорошие чубуки и табак можно найти рядом в табачном магазине, учтиво поклонясь обоим магазинщикам, вышел на улицу с картиной под мышкой. В соседнем магазине, на вывеске которого был написан негр, курящий сигару, я купил, тоже из желания не подражать никому, не Жукова, а султанского табаку, стамбулку трубку и два липовых и розовых чубука. Выходя из магазина к дрожкам, я увидел Семенова, который в штатском сюртуке, опустив голову, скорыми шагами шел по тротуару. Мне было досадно, что он не узнал меня. Я довольно громко сказал: «Подавай!» — и, сев на дрожки, догнал Семенова.

— Здравствуйте-с, — сказал я ему.

— Мое почтение, — отвечал он, продолжая идти.

— Что же вы не в мундире? — спросил я.

Семенов остановился, прищурил глаза и, оскалив свои белые зубы, как будто ему было больно смотреть на солнце,

—————————
1 ручка для карандаша

но собственно затем, чтобы показать свое равнодушие к моим дрожкам и мундиру, молча посмотрел на меня и пошел дальше.

С Кузнецкого моста я заехал в кондитерскую на Тверской и, хотя желал притвориться, что меня в кондитерской преимущественно интересуют газеты, не мог удержаться и начал есть один сладкий пирожок за другим. Несмотря на то, что мне было стыдно перед господином, который из-за газеты с любопытством посматривал на меня, я съел чрезвычайно быстро пирожков восемь всех тех сортов, которые только были в кондитерской.

Приехав домой, я почувствовал маленькую изжогу; но, не обратив на нее никакого внимания, занялся рассматриванием покупок, из которых картина так мне не понравилась, что я не только не отделал ее в рамку и не повесил в своей комнате, как Володя, но даже тщательно спрятал ее за комод, где никто не мог ее видеть. Port-crayon дома мне тоже не понравился; я положил его в стол, утешая себя, однако, мыслью, что это вещь серебряная, капитальная и для студента очень полезная. Курительные же препараты я тотчас решил пустить в дело и испробовать.

Распечатав четвертку, тщательно набив стамбулку красно-желтым, мелкой резки, султанским табаком, я положил на нее горящий трут и, взяв чубук между средним и безымянным пальцем (положение руки, особенно мне нравившееся), стал тянуть дым.

Запах табака был очень приятен, но во рту было горько и дыхание захватывало. Однако скрепив сердце я довольно долго втягивал в себя дым, пробовал пускать кольца и затягиваться. Скоро комната вся наполнилась голубоватыми облаками дыма, трубка начала хрипеть, горячий табак подпрыгивать, а во рту я почувствовал горечь и в голове маленькое кружение. Я хотел уже перестать и только посмотреться с трубкой в зеркало, как, к удивлению моему, зашатался на ногах; комната пошла кругом, и, взглянув в зеркало, к которому я с трудом подошел, я увидел, что лицо мое было бледно, как полотно. Едва я успел упасть на диван, как почувствовал такую тошноту и такую слабость, что, вообразив себе, что трубка для меня смертельна, мне показалось, что я умираю. Я серьезно испугался и хотел уже звать людей на помощь и посылать за доктором.

Однако страх этот продолжался недолго. Я скоро понял, в чем дело, и с страшной головной болью, расслабленный, долго лежал на диване, с тупым вниманием вглядываясь в герб Бостонжогло, изображенный на четвертке, в валявшуюся на полу трубку, окурки и остатки кондитерских пирожков, и с разочарованием грустно думал: «Верно, я еще не совсем большой, если не могу курить, как другие, и что, видно, мне не судьба, как другим, держать чубук между средним и безымянным пальцем, затягиваться и пускать дым через русые усы».

Дмитрий, заехав за мною в пятом часу, застал меня в этом неприятном положении. Выпив стакан воды, однако, я почти оправился и был готов ехать с ним.

— И что вам за охота курить, — сказал он, глядя на следы моего курения. — Это все глупости и напрасная трата денег. Я дал себе слово не курить... Однако поедем скорей, еще надо заехать за Дубковым.

Глава XIV.
ЧЕМ ЗАНИМАЛИСЬ ВОЛОДЯ С ДУБКОВЫМ

Как только Дмитрий вошел ко мне в комнату, по его лицу, походке и по свойственному ему жесту во время дурного расположения духа, подмигивая глазом, гримасливо подергивать головой набок, как будто для того, чтобы поправить галстук, я понял, что он находился в своем холодно упрямом расположении духа, которое на него находило, когда он был недоволен собой, и которое всегда производило охлаждающее действие на мое к нему чувство. В последнее время я уже начинал наблюдать и обсуживать характер моего друга, но дружба наша вследствие этого нисколько не изменилась: она еще была так молода и сильна, что, с какой бы стороны я ни смотрел на Дмитрия, я не мог не видеть его совершенством. В нем было два различные человека, которые оба были для меня прекрасны. Один, которого я горячо любил, добрый, ласковый, кроткий, веселый и с сознанием этих любезных качеств. Когда он бывал в этом расположении духа, вся его наружность, звук голоса, все движения говорили, казалось: «Я кроток и добродетелен, наслаждаюсь тем, что я кроток и добродетелен, и вы все это можете видеть». Другой — которого я только теперь начинал узнавать и перед величавостью которого преклонялся — был человек холодный, строгий к себе и другим, гордый, религиозный до фанатизма и педантически нравственный. В настоящую минуту он был этим вторым человеком.

С откровенностью, составлявшей необходимое условие наших отношений, я сказал ему, когда мы сели в дрожки, что мне было грустно и больно видеть его в нынешний счастливый для меня день в таком тяжелом, неприятном для меня расположении духа.

— Верно, что-нибудь вас расстроило: отчего вы мне не скажете? — спросил я его.

— Николенька! — отвечал он неторопливо, нервически поворачивая голову набок и подмигивая. — Ежели я дал слово ничего не скрывать от вас, то вы и не имеете причин подозревать во мне скрытность. Нельзя всегда быть одинаково расположенным, а ежели что-нибудь меня расстроило, то я сам не могу себе дать отчета.

«Какой это удивительно открытый, честный характер», — подумал я и больше не заговаривал с ним.

Мы молча приехали к Дубкову. Квартира Дубкова была необыкновенно хороша, или показалась мне такою. Везде были ковры, картины, гардины, пестрые обои, портреты, изогнутые кресла, вольтеровские кресла, на стенах висели ружья, пистолеты, кисеты и какие-то картонные звериные головы. При виде этого кабинета я понял, кому подражал Володя в убранстве своей комнаты. Мы застали Дубкова и Володю за картами. Какой-то незнакомый мне господин (должно быть, неважный, судя по его скромному положению) сидел подле стола и очень внимательно смотрел на игру. Сам Дубков был в шелковом халате и мягких башмаках. Володя без сюртука сидел против него на диване и, судя по раскрасневшемуся лицу и недовольному беглому взгляду, который он, на секунду оторвав от карт, бросил на нас, был очень занят игрой. Увидев меня, он покраснел еще больше.

— Ну, тебе сдавать, — сказал он Дубкову. Я понял, что ему было неприятно, что я узнал про то, что он играет в карты. Но в его выражении не было заметно смущения, оно как будто говорило мне: «Да, играю, а ты удивляешься этому только потому, что еще молод. Это не только не дурно, но должно в наши лета». Я тотчас почувствовал и понял это.

Дубков, однако, не стал сдавать карты, а встал, пожал

нам руки, усадил и предложил трубки, от которых мы отказались.

— Так вот он, наш дипломат, виновник торжества, — сказал Дубков. — Ей-богу, ужасно похож на полковника.

— Гм! — промычал я, чувствуя опять на своем лице распускающуюся глупо самодовольную улыбку.

Я уважал Дубкова, как только может уважать шестнадцатилетний мальчик двадцатисемилетного адъютанта, про которого все большие говорят, что он чрезвычайно порядочный молодой человек, который отлично танцует, говорит по-французски и который, в душе презирая мою молодость, видимо старается скрывать это.

Несмотря на все мое уважение, во все время нашего с ним знакомства, мне, Бог знает отчего, бывало тяжело и неловко смотреть ему в глаза. А я заметил после, что мне бывает неловко смотреть в глаза трем родам людей — тем, которые гораздо хуже меня, тем, которые гораздо лучше меня, и тем, с которыми мы не решаемся сказать друг другу вещь, которую оба знаем. Может быть, Дубков был и лучше, может быть, и хуже меня, но наверное уже было то, что он очень часто лгал, не признаваясь в этом, что я заметил в нем эту слабость и, разумеется, не решался ему говорить о ней.

— Сыграем еще одного короля, — сказал Володя, подергивая плечом, как папа, и тасуя карты.

— Вот пристает! — сказал Дубков. — После доиграем. Ну, а впрочем, одного — давай.

В то время как они играли, я наблюдал их руки. У Володи была большая красивая рука; отдел большого пальца и выгиб остальных, когда он держал карты, были так похожи на руку папа, что мне даже одно время казалось, что Володя нарочно так держит руки, чтоб быть похожим на большого; но, взглянув на его лицо, сейчас видно было, что он ни о чем не думает, кроме игры. У Дубкова, напротив, руки были маленькие, пухлые, загнутые внутрь, чрезвычайно ловкие и с мягкими пальцами; именно тот сорт рук, на которых бывают перстни и которые принадлежат людям, склонным к ручным работам и любящим иметь красивые вещи.

Должно быть, Володя проиграл, потому что господин, смотревший ему в карты, заметил, что Владимиру Петровичу ужасное несчастье, и Дубков, достав портфель, записал туда что-то и, показав записанное Володе, сказал: «Так?»

— Так! — сказал Володя, притворно-рассеянно взглянув в записную книжку, — теперь поедемте.

Володя повез Дубкова, меня повез Дмитрий в своем фаэтоне.

— Во что это они играли? — спросил я Дмитрия.

— В пикет. Глупая игра, да и вообще игра — глупая вещь.

— А они в большие деньги играют?

— Не в большие, однако нехорошо.

— А вы не играете?

— Нет, я дал слово не играть; а Дубков не может, чтобы не обыграть кого-нибудь.

— Ведь это нехорошо с его стороны, — сказал я. — Володя, верно, хуже его играет?

— Разумеется, нехорошо, но дурного тут ничего особенно нет. Дубков любит играть и умеет играть, а все-таки он отличный человек.

— Да я совсем не думал... — сказал я.

— Да и нельзя об нем ничего дурного думать, потому что он точно прекрасный человек. И я его очень люблю и всегда буду любить, несмотря на его слабости.

Мне почему-то показалось, что именно потому, что Дмитрий слишком горячо заступался за Дубкова, он уже не любил и не уважал его, но не признавался в том из упрямства и из-за того, чтоб его никто не мог упрекнуть в непостоянстве. Он был один из тех людей, которые любят друзей на всю жизнь, не столько потому, что эти друзья остаются им постоянно любезны, сколько потому, что раз, даже по ошибке, полюбив человека, они считают бесчестным разлюбить его.

Глава XV.
МЕНЯ ПОЗДРАВЛЯЮТ

Дубков и Володя знали у Яра всех людей по имени, и от швейцара до хозяина все оказывали им большое уважение. Нам тотчас отвели особенную комнату и подали какой-то удивительный обед, выбранный Дубковым по французской карте. Бутылка замороженного шампанского, на которую я старался смотреть как можно равнодушнее, уже была приготовлена. Обед прошел очень приятно и весело, несмотря на то, что Дубков, по своему обыкновению, рассказывал самые странные, будто бы истинные случаи, — между прочим, как его бабушка убила из мушкетона трех напавших на нее разбойников (причем я покраснел и, потупив глаза, отвернулся от него), — и несмотря на то, что Володя, видимо, робел всякий раз, как я начинал говорить что-нибудь (что было совершенно напрасно, потому что я не сказал, сколько помню, ничего особенно постыдного). Когда подали шампанское, все поздравили меня, и я выпил через руку «на ты» с Дубковым и Дмитрием и поцеловался с ними. Так как я не знал, кому принадлежит поданная бутылка шампанского (она была общая, как после мне объяснили), и я хотел угостить приятелей на свои деньги, которые я беспрестанно ощупывал в кармане, я достал потихоньку десятирублевую бумажку и, подозвав к себе человека, дал ему деньги и шепотом, но так, что все слушали, потому что молча смотрели на меня, сказал ему, чтоб он принес, пожалуйста, уже еще полбутылочку шампанского. Володя так покраснел, так стал подергиваться и испуганно глядеть на меня и на всех, что я почувствовал, как я ошибся, но полбутылочку принесли, и мы ее выпили с большим удовольствием. Продолжало казаться очень весело. Дубков врал без умолку, и Володя тоже рассказывал такие смешные штуки и так хорошо, что я никак не ожидал от него, и мы много смеялись. Характер их смешного, то есть Володи и Дубкова, состоял в подражании и усилении известного анекдота: «Что, вы были за границей?» — будто бы говорит один. «Нет, я не был, — отвечает другой, — но брат играет на скрипке». Они в этом роде комизма бессмыслия дошли до такого совершенства, что уже самый анекдот рассказывали так, что «брат мой тоже никогда не играл на скрипке». На каждый вопрос они отвечали друг другу в том же роде, а иногда и без вопроса старались только соединить две самые несообразные вещи, говорили эту бессмыслицу с серьезным лицом, — и выходило очень смешно. Я начинал понимать, в чем было дело, и хотел тоже рассказать смешное, но все робко смотрели или старались не смотреть на меня в то время как я говорил, и анекдот мой не вышел. Дубков сказал: «Заврался, брат, дипломат», — но мне было так приятно от выпитого шампанского и общества больших, что это замечание только чуть-чуть оцарапало меня. Один Дмитрий, несмотря на то, что пил ровно с нами, продолжал быть в своем строгом, серьезном расположении духа, которое несколько сдерживало общее веселье.

— Ну, послушайте, господа, — сказал Дубков, — после обеда ведь надо дипломата в руки забрать. Не поехать ли нам к тетке, там уж мы с ним распорядимся.

— Нехлюдов ведь не поедет, — сказал Володя.

— Несносный смиренник! ты, несносный смиренник! — сказал Дубков, обращаясь к нему. — Поедем с нами, увидишь, что отличная дама тетушка.

— Не только не поеду, но и его с вами не пущу, — отвечал Дмитрий, краснея.

— Кого? дипломата? Ведь ты хочешь, дипломат? Смотри, он даже весь просиял, как только заговорили об тетушке.

— Не то что не пущу, — продолжал Дмитрий, вставая с места и начиная ходить по комнате, не глядя на меня, — а не советую ему и не желаю, чтоб он ехал. Он не ребенок теперь, и ежели хочет, то может один, без вас, ехать. А тебе это должно быть стыдно, Дубков; что ты делаешь нехорошо, так хочешь, чтоб и другие то же делали.

— Что ж тут дурного, — сказал Дубков, подмигивая Володе, — что я вас всех приглашаю к тетушке на чашку чаю? Ну, а ежели тебе неприятно, что мы едем, так изволь: мы поедем с Володей. Володя, поедешь?

— Гм, гм! — утвердительно сказал Володя, — съездим туда, а потом вернемся ко мне и будем продолжать пикет.

— Что, ты хочешь ехать с ними или нет? — сказал Дмитрий, подходя ко мне.

— Нет, — отвечал я, подвигаясь на диване, чтоб дать ему место подле себя, на которое он сел, — я и просто не хочу, а если ты не советуешь, то я ни за что не поеду.

— Нет, — прибавил я потом, — я неправду говорю, что мне не хочется с ними ехать; но я рад, что не поеду.

— И отлично, — сказал он, — живи по-своему и не пляши ни по чьей дудке, это лучше всего.

Этот маленький спор не только не расстроил нашего удовольствия, но еще увеличил его. Дмитрий вдруг пришел в мое любимое, кроткое расположение духа. Такое влияние имело на него, как я после не раз замечал, сознание хорошего поступка. Он теперь был доволен собой за то, что отстоял меня. Он чрезвычайно развеселился, потребовал еще бутылку шампанского (что было против его правил), зазвал в нашу комнату какого-то незнакомого господина и стал поить его, пел Gaudeamus igitur, просил, чтоб все вторили ему, и предлагал ехать в Сокольники кататься, на что Дубков заметил, что это слишком чувствительно.

— Давайте нынче веселиться, — говорил Дмитрий, улыбаясь, — в честь его вступления я в первый раз напьюсь пьян, уж так и быть. — Эта веселость как-то странно шла к Дмитрию. Он был похож на гувернера или доброго отца, который доволен своими детьми, разгулялся и хочет их потешить и вместе доказать, что можно честно и прилично веселиться; но, несмотря на это, на меня и на других, кажется, эта неожиданная веселость действовала заразительно, тем более что на каждого из нас пришлось уже почти по полбутылке шампанского.

В таком-то приятном настроении духа я вышел в большую комнату с тем, чтоб закурить папироску, которую мне дал Дубков.

Когда я встал с места, я заметил, что голова у меня немного кружилась, и ноги шли, и руки были в естественном положении только тогда, когда я об них пристально думал. В противном же случае ноги забирали по сторонам, а руки выделывали какие-то жесты. Я устремил на эти члены все внимание, велел рукам подняться, застегнуть сюртук и пригладить волосы (причем они как-то ужасно высоко подбросили локти), а ногам велел идти в дверь, что они исполнили, но ступали как-то очень твердо или слишком нежно, особенно левая нога все становилась на цыпочку. Какой-то голос прокричал мне: «Куда ты идешь? принесут свечку». Я догадался, что этот голос принадлежал Володе, и мне доставила удовольствие мысль, что я таки догадался, но в ответ ему я только слегка улыбнулся и пошел дальше.

Глава XVI.
ССОРА

В большой комнате сидел за маленьким столом невысокий плотный штатский господин с рыжими усами и ел что-то. Рядом с ним сидел высокий брюнет без усов. Они говорили по-французски. Их взгляд смутил меня, но я все-таки решился закурить папироску у горевшей свечки, которая стояла перед ними. Поглядывая по сторонам, чтоб не встречать их взглядов, я подошел к столу и стал зажигать папироску. Когда папироска загорелась, я не утерпел и взглянул на обедавшего господина. Его серые глаза были пристально и недоброжелательно устремлены на меня. Только что я хотел отвернуться, — рыжие усы его зашевелились, и он произнес по-французски:

— Не люблю, чтоб курили, когда я обедаю, милостивый государь.

Я пробормотал что-то непонятное.

— Да-с, не люблю, — продолжал строго господин с усами, бегло взглянув на господина без усов, как будто приглашая его полюбоваться на то, как он будет обрабатывать меня, — не люблю-с, милостивый государь, и тех, которые так невежливы, что приходят курить вам в нос, и тех не люблю. — Я тотчас же сообразил, что этот господин меня распекает, но мне казалось в первую минуту, что я был очень виноват перед ним.

— Я не думал, что это вам помешает, — сказал я.

— А, вы не думали, что вы невежа, а я думал, — закричал господин.

— Какое вы имеете право кричать? — сказал я, чувствуя, что он меня оскорбляет, и начиная сам сердиться.

— Такое, что я никогда никому не позволю мне манкировать и всегда буду учить таких молодцов, как вы. Как ваша фамилия, милостивый государь? и где вы живете?

Я был очень озлоблен, губы у меня тряслись, и дыхание захватывало. Но я все-таки чувствовал себя виноватым, должно быть за то, что я выпил много шампанского, и не сказал этому господину никаких грубостей, а напротив, губы мои самым покорным образом назвали ему мою фамилию и наш адрес.

— Моя фамилия Колпиков, милостивый государь, а вы вперед будьте учтивее. Мы еще увидимся с вами (vous aurez de mes nouvelles), — заключил он, так как весь разговор происходил по-французски.

Я сказал только: «Очень рад», стараясь дать голосу как можно более твердости, повернулся и с папиросой, которая успела потухнуть, вернулся в нашу комнату.

Я ничего не сказал о случившемся со мной ни брату, ни приятелям, тем более что они были заняты каким-то горячим спором, и уселся один в уголку, рассуждая об этом странном обстоятельстве. Слова: «Вы невежа, милостивый государь» (un mal élevé, monsieur) — так и звучали у меня в ушах, все более и более возмущая меня. Хмель у меня совершенно прошел. Когда я размышлял о том, как я поступил в этом деле, мне вдруг пришла страшная мысль, что я поступил как трус. «Какое он имел право нападать на меня? Отчего он просто не сказал мне, что это ему мешает? Стало быть, он был виноват? Отчего же, когда он мне сказал, что я невежа, я не сказал ему: невежа, милостивый государь, тот, кто позволяет себе грубость? или отчего я просто не крикнул на него: *молчать!* — это было бы отлично; зачем я не вызвал его на дуэль? Нет! я ничего этого не сделал, а как подлый трусишка, проглотил обиду». «Вы невежа, милостивый государь!» — беспрестанно раздражающе звучало у меня в ушах. «Нет, этого нельзя так оставить», — подумал я и встал с твердым намерением пойти опять к этому господину и сказать ему что-нибудь ужасное, а может быть, даже и прибить его подсвечником по голове, коли придется. Я с величайшим наслаждением мечтал о последнем намерении, но не без сильного страха вошел снова в большую комнату. К счастию, г. Колпикова уже не было, один лакей был в большой комнате и убирал стол. Я хотел было сообщить лакею о случившемся и объяснить ему, что я нисколько не виноват, но почему-то раздумал и в самом мрачном расположении духа снова вернулся в нашу комнату.

— Что это с нашим дипломатом сделалось? — сказал Дубков, — он, верно, решает теперь судьбу Европы.

— Ах, оставь меня в покое, — сказал я угрюмо, отворачиваясь. Вслед за тем я, расхаживая по комнате, начал размышлять почему-то о том, что Дубков вовсе не хороший человек. «И что за вечные шутки и название „дипломат" — ничего тут любезного нет. Ему бы только обыгрывать Володю да ездить к тетушке какой-то… И ничего нет в нем приятного. Все что ни скажет, солжет, или пошлость какая-нибудь, и вечно тоже хочет насмехаться. Мне кажется, он просто глуп, да и дурной человек». В таких-то размышлениях я провел минут пять, все более и более чувствуя почему-то враждебное чувство к Дубкову. Дубков же не обращал на меня внимания, это злило меня еще более. Я даже сердился на Володю и на Дмитрия за то, что они с ним разговаривают.

— Знаете что, господа? надо дипломата водой

облить, — сказал вдруг Дубков, взглянув на меня с улыбкой, которая мне показалась насмешливою и даже предательскою, — а то он плох! Ей-богу, он плох!

— И вас надо облить, сами вы плохи, — отвечал я, злостно улыбаясь и забыв даже, что ему говорил «ты».

Этот ответ, должно быть, удивил Дубкова, но он равнодушно отвернулся от меня и продолжал разговаривать с Володей и Дмитрием.

Я попробовал было присоединиться к их беседе, но чувствовал, что решительно не мог притворяться, и снова удалился в свой угол, где и пробыл до самого отъезда.

Когда расплатились и стали надевать шинели, Дубков обратился к Дмитрию:

— Ну, а Орест и Пилад куда поедут? верно, домой беседовать *о любви* : то ли дело мы, проведаем милую тетушку, — лучше вашей кислой дружбы.

— Как вы смеете говорить, смеяться над нами? — заговорил я вдруг, подходя к нему очень близко и махая руками, — как вы смеете смеяться над чувствами, которых не понимаете? Я вам этого не позволю. Молчать! — закричал я и сам замолчал, не зная, что говорить дальше, и задыхаясь от волнения. Дубков сначала удивился; потом хотел улыбнуться и принять это в шутку, но, наконец, к моему великому удивлению, испугался и опустил глаза.

— Я вовсе не смеюсь над вами и вашими чувствами, я так только говорю, — сказал он уклончиво.

— То-то! — закричал я, но в это же самое время мне стало совестно за себя и жалко Дубкова, красное, смущенное лицо которого выражало истинное страдание.

— Что с тобой? — заговорили вместе Володя и Дмитрий. — Никто тебя не хотел обижать.

— Нет, он хотел оскорбить меня.

— Вот отчаянный господин твой брат, — сказал Дубков в то самое время, когда он уже выходил из двери, так что не мог бы слышать того, что я скажу.

Может быть, я бросился бы догонять его и наговорил бы ему еще грубостей, но в это время тот самый лакей, который присутствовал при моей истории с Колпиковым, подал мне шинель, и я тотчас же успокоился, притворяясь только перед Дмитрием рассерженным настолько, насколько это было необходимо, чтоб мгновенное успокоение не показалось странным. На другой день мы с Дубковым встретились у Володи, не поминали об этой истории, но остались на «вы», и смотреть друг другу в глаза стало нам еще труднее.

Воспоминание о ссоре с Колпиковым, который, впрочем, ни на другой день, ни после так и не дал мне de ses nouvelles[1], было многие года для меня ужасно живо и тяжело. Я подергивался и вскрикивал лет пять после этого, всякий раз, как вспоминал неотплаченную обиду, и утешал себя, с самодовольствием вспоминая о том, каким я молодцом показал себя зато в деле с Дубковым. Только гораздо после я стал совершенно иначе смотреть на это дело и с комическим удовольствием вспоминать о ссоре с Колпиковым и раскаиваться в незаслуженном оскорблении, которое я нанес *доброму малому* Дубкову.

Когда я в тот же день вечером рассказал Дмитрию свое приключение с Колпиковым, которого наружность я описал ему подробно, он удивился чрезвычайно.

— Да это тот самый! — сказал он, — можешь себе представить, что этот Колпиков известный негодяй, шулер, а главное трус, выгнан товарищами из полка за то, что получил пощечину и не хотел драться. Откуда у него прыть взялась? — прибавил он с доброй улыбкой, глядя на меня, — ведь он больше ничего не сказал, как «невежа»?

— Да, — отвечал я, краснея.

— Нехорошо, ну да еще не беда! — утешал меня Дмитрий.

Только гораздо после, размышляя уже спокойно об этом обстоятельстве, я сделал предположение довольно правдоподобное, что Колпиков, после многих лет почувствовав, что на меня напасть можно, выместил на мне, в присутствии брюнета без усов, полученную пощечину, точно так же, как я тотчас же выместил его «невежу» на невинном Дубкове.

Глава XVII.
Я СОБИРАЮСЬ ДЕЛАТЬ ВИЗИТЫ

Проснувшись на другой день, первою мыслию моею было приключение с Колпиковым, опять я помычал, побегал

---

1 известий о себе

по комнате, но делать было нечего; притом нынче был последний день, который я проводил в Москве, и надо было сделать, по приказанию папа, визиты, которые он мне сам написал на бумажке. Заботою о нас отца было не столько нравственность и образование, сколько светские отношения. На бумажке было написано его изломанным быстрым почерком: 1) к князю Ивану Ивановичу *непременно* , 2) к Ивиным *непременно* . 3) к князю Михайле, 4) к княгине Нехлюдовой и к Валахиной, ежели успеешь. И, разумеется, к попечителю, к ректору и к профессорам.

Последние визиты Дмитрий отсоветовал мне делать, говоря, что это не только не нужно, но даже было бы неприлично, но остальные надо было все сделать сегодня. Из них особенно пугали меня два первые визита, подле которых было написано *непременно* . Князь Иван Иваныч был генерал-аншеф, старик, богач и один; стало быть, я, шестнадцатилетний студент, должен был иметь с ним прямые отношения, которые, я предчувствовал, не могли быть для меня лестны. Ивины тоже были богачи, и отец их был какой-то важный штатский генерал, который всего только раз, при бабушке, сам был у нас. После же смерти бабушки, я замечал, младший Ивин дичился нас и как будто важничал. Старший, как я знал по слухам, уж кончил курс в Правоведении и служил в Петербурге; второй, Сергей, которого я обожал некогда, был тоже в Петербурге большим толстым кадетом в Пажеском корпусе.

Я в юности не только не любил отношений с людьми, которые считали себя выше меня, но такие отношения были для меня невыносимо мучительны, вследствие постоянного страха оскорбления и напряжения всех умственных сил на то, чтобы доказать им свою самостоятельность. Однако, не исполняя последнего приказания папа, надо было загладить вину исполнением первых. Я ходил по комнате, оглядывая разложенные на стульях платье, шпагу и шляпу, и собирался уж ехать, когда ко мне пришел с поздравлением старик Грап и привел с собой Иленьку. Отец Грап был обрусевший немец, невыносимо приторный, льстивый и весьма часто нетрезвый; он приходил к нам большею частью только для того, чтобы просить о чем-нибудь, и папа сажал его иногда у себя в кабинете, но обедать его никогда не сажали с нами. Его унижение и попрошайничество так слилось с каким-то внешним добродушием и привычкою к нашему дому, что все ставили ему в большую заслугу его будто бы привязанность ко всем нам, но я почему-то не любил его и, когда он говорил, мне всегда бывало стыдно за него.

Я был очень недоволен приходом этих гостей и не старался скрывать своего неудовольствия. На Иленьку я так привык смотреть свысока, и он так привык считать нас вправе это делать, что мне было несколько неприятно, что он такой же студент, как и я. Мне казалось, что и ему было несколько совестно передо мной за это равенство. Я холодно поздоровался с ним и, не пригласив их сесть, потому что мне было совестно это сделать, думая, что они это могут сделать и без моего приглашения, велел закладывать пролетку. Иленька был добрый, очень честный и весьма неглупый молодой человек, но он был то, что называется малый с дурью; на него беспрестанно находило, и, казалось, без всяких причин, какое-нибудь крайнее расположение духа — то плаксивость, то смешливость, то обидчивость за всякую малость; и теперь, как кажется, он находился в этом последнем настроении духа. Он ничего не говорил, злобно посматривал на меня и на отца и только, когда к нему обращались, улыбался своею покорной, принужденной улыбкой, под которой он уж привык скрывать все свои чувства и особенно чувство стыда за своего отца, которое он не мог не испытывать при нас.

— Так-то-с, Николай Петрович, — говорил мне старик, следуя за мной по комнате, в то время как я одевался, и почтительно медленно вертя между своими толстыми пальцами серебряную, подаренную бабушкой, табакерку, — как только узнал от сына, что вы изволили так отлично выдержать экзамен — ведь ваш ум всем известен, — тотчас прибежал поздравить, батюшка; ведь я вас на плече носил, и Бог видит, что всех вас, как родных, люблю, и Иленька мой все просился к вам. Тоже и он привык уж к вам.

Иленька в это время сидел молча у окна, рассматривая будто бы мою треугольную шляпу, и чуть заметно что-то сердито бормотал себе под нос.

— Ну, а я вас хотел спросить, Николай Петрович, — продолжал старик, — как мой-то Илюша, хорошо экзаменовался? Он говорил, что будет с вами вместе, так вы уж его не оставьте, присмотрите за ним, посоветуйте.

— Что же, он прекрасно выдержал, — отвечал я, взглянув на Иленьку, который, почувствовав на себе мой взгляд, покраснел и перестал шевелить губами.

— А можно ему у вас пробыть нынче денек? — сказал старик с такой робкой улыбкой, как будто он очень боялся меня, и все, куда бы я ни подвинулся, оставаясь от меня в таком близком расстоянии, что винный и табачный запах, которым он весь был пропитан, ни на секунду не переставал мне быть слышен. Мне было досадно за то, что он ставил меня в такое фальшивое положение к своему сыну, и за то, что отвлекал мое внимание от весьма важного для меня тогда занятия — одеванья; а главное, этот преследующий меня запах перегара так расстроил меня, что я очень холодно сказал ему, что я не могу быть с Иленькой, потому что целый день не буду дома.

— Да ведь вы хотели идти к сестрице, батюшка, — сказал Иленька, улыбаясь и не глядя на меня, — да и мне дело есть. — Мне стало еще досаднее и совестнее, и чтобы загладить чем-нибудь свой отказ, я поспешил сообщить, что я не буду дома, потому что должен быть у *князя* Ивана Иваныча, у *княгини* Корнаковой, у Ивина, того самого, что имеет такое важное место, и что, верно, буду обедать у *княгини* Нехлюдовой. Мне казалось, что, узнав, к каким важным людям я еду, они уже не могли претендовать на меня. Когда они собрались уходить, я пригласил Иленьку заходить ко мне в другой раз; но Иленька только промычал что-то и улыбнулся с принужденным выражением. Видно было, что нога его больше никогда у меня не будет.

Вслед за ними я поехал по своим визитам. Володя, которого еще утром я просил ехать вместе, чтобы мне было не так неловко одному, отказался, под предлогом, что это было бы слишком чувствительно, что два *братца* ездят вместе на одной *пролеточке* .

Глава XVIII.
ВАЛАХИНЫ

Итак, я отправился один. Первый визит был, по местности, к Валахиной, на Сивцевом Вражке. Я года три не видал Сонечки, и любовь моя к ней давно прошла, но в душе оставалось еще живое и трогательное воспоминание прошедшей детской любви. Мне случалось в продолжение этих трех лет вспоминать об ней с такой силой и ясностью, что я проливал слезы и чувствовал себя снова влюбленным, но это продолжалось только несколько минут и возвращалось снова не скоро.

Я знал, что Сонечка с матерью была за границею, где они пробыли года два и где, рассказывали, их вывалили в дилижансе и Сонечке изрезали лицо стеклами кареты, отчего она будто бы очень подурнела. Дорогой к ним я живо вспоминал о прежней Сонечке и думал о том, какою теперь ее встречу. Вследствие двухлетнего пребывания ее за границей я воображал ее почему-то чрезвычайно высокой, с прекрасной талией, серьезной и важной, но необыкновенно привлекательной. Воображение мое отказывалось представлять ее с изуродованным шрамами лицом; напротив, слышав где-то про страстного любовника, оставшегося верным своему предмету, несмотря на изуродовавшую его оспу, я старался думать, что я влюблен в Сонечку, для того чтобы иметь заслугу, несмотря на шрамы, остаться ей верным. Вообще, подъезжая к дому Валахиных, я не был влюблен, но, расшевелив в себе старые воспоминания любви, был хорошо приготовлен влюбиться и очень желал этого; тем более что мне уже давно было совестно, глядя на всех своих влюбленных приятелей, за то, что я так отстал от них.

Валахины жили в маленьком, чистеньком деревянном домике, вход которого был со двора. Дверь отпер мне, по звону в колокольчик, который был тогда еще большою редкостью в Москве, крошечный, чисто одетый мальчик. Он не умел или не хотел сказать мне, дома ли господа, и, оставив одного в темной передней, убежал в еще более темный коридор.

Я довольно долго оставался один в этой темной комнате, в которой, кроме входа и коридора, была еще одна запертая дверь, и отчасти удивлялся этому мрачному характеру дома, отчасти полагал, что это так должно быть у людей, которые были за границей. Минут через пять дверь в залу отперлась изнутри посредством того же мальчика, и он провел меня в опрятную, но небогатую гостиную, в которую вслед за мною вошла Сонечка.

Ей было семнадцать лет. Она была очень мала ростом, очень худа и с желтоватым, нездоровым цветом лица. Шрамов на лице не было заметно никаких, но прелестные выпуклые глаза и светлая, добродушно веселая улыбка были те же, которые я знал и любил в детстве. Я совсем не ожидал ее такою и поэтому никак не мог сразу излить на нее то чувство, которое приготовил дорогой. Она подала мне руку по английскому обычаю, который был тогда такая же редкость, как и колокольчик, пожала откровенно мою руку и усадила подле себя на диване.

— Ах, как я рада вас видеть, милый Nicolas, — сказала она, вглядываясь мне в лицо с таким искренним выражением удовольствия, что в словах «милый Nicolas» я заметил дружеский, а не покровительственный тон. Она, к удивлению моему, после поездки за границу была еще проще, милее и родственнее в обращении, чем прежде. Я заметил два маленькие шрама около носу и на брови, но чудесные глаза и улыбка были совершенно верны с моими воспоминаниями и блестели по-старому.

— Как вы переменились! — говорила она, — совсем большой стали. Ну, а я — как вы находите?

— Ах, я бы вас не узнал, — отвечал я, несмотря на то, что в это самое время думал, что я всегда бы узнал ее. Я чувствовал себя снова в том беспечно веселом расположении духа, в котором я пять лет тому назад танцевал с ней гросфатер на бабушкином бале.

— Что ж, я очень подурнела? — спросила она, встряхивая головкой.

— Нет, совсем нет; выросли немного, старше стали, — заторопился я отвечать, — но напротив... и даже...

— Ну, да все равно; а помните наши танцы, игры, St.-Jérôme'а, madame Dorat? (Я не помнил никакой madame Dorat; она, видно, увлекалась наслаждением детских воспоминаний и смешивала их.) Ах, славное время было, — продолжала она, и та же улыбка, даже лучше той, которую я носил в воспоминании, и все те же глаза блестели передо мною. В то время как она говорила, я успел подумать о том положении, в котором я находился в настоящую минуту, и решил сам с собою, что в настоящую минуту я был влюблен. Как только я решил это, в ту же секунду исчезло мое счастливое, беспечное расположение духа, какой-то туман покрыл все, что было передо мной, — даже ее глаза и улыбку, мне стало чего-то стыдно, я покраснел и потерял способность говорить.

— Теперь другие времена, — продолжала она, вздохнув и подняв немного брови, — гораздо все хуже стало, и мы хуже стали, не правда ли, Nicolas?

Я не мог отвечать и молча смотрел на нее.

— Где все теперь тогдашние Ивины, Корнаковы? Помните? — продолжала она, с некоторым любопытством вглядываясь в мое раскрасневшееся, испуганное лицо, — славное было время!

Я все-таки не мог отвечать.

Из этого тяжелого положения вывел меня на время приход в комнату старой Валахиной. Я встал, поклонился и снова получил способность говорить; но зато с приходом матери с Сонечкой произошла странная перемена. Вся ее веселость и родственность вдруг исчезли, даже улыбка сделалась другая, и она вдруг, исключая высокого роста, стала той приехавшей из-за границы барышней, которую я воображал найти в ней. Казалось, такая перемена не имела никакой причины, потому что мать ее улыбалась так же приятно и во всех движениях выражала такую же кротость, как и в старину. Валахина села на большие кресла и указала мне место подле себя. Дочери она сказала что-то по-английски, и Сонечка тотчас же вышла, что меня еще более облегчило. Валахина расспрашивала про родных, про брата, про отца, потом рассказала мне про свое горе — потерю мужа, и уже, наконец, чувствуя, что со мною говорить больше нечего, смотрела на меня молча, как будто говоря: «Ежели ты теперь встанешь, раскланяешься и уедешь, то сделаешь очень хорошо, мой милый», — но со мной случилось странное обстоятельство. Сонечка вернулась в комнату с работой и села в другом углу гостиной так, что я чувствовал на себе ее взгляды. Во время рассказа Валахиной о потере мужа я еще раз вспомнил о том, что я влюблен, и подумал еще, что, вероятно, и мать уже догадалась об этом, и на меня снова нашел припадок застенчивости, такой сильной, что я чувствовал себя не в состоянии пошевелиться ни одним членом естественно. Я знал, что для того, чтобы встать и уйти, я должен буду думать о том, куда поставить ногу, что сделать с головой, что с рукой; одним словом, я чувствовал почти то же самое, что и вчера, когда выпил полбутылки шампанского. Я предчувствовал, что со всем этим я не управлюсь, и поэтому *не мог* встать, и действительно *не мог* встать. Валахина, верно, удивлялась, глядя на мое красное, как сукно, лицо и совершенную неподвижность; но я решил, что лучше сидеть в этом глупом положении, чем рисковать как-нибудь нелепо встать и выйти. Так я и сидел довольно долго, ожидая, что какой-нибудь непредвиденный случай выведет меня из этого положения. Случай этот представился в лице невидного молодого человека, который, с приемами домашнего, вошел в комнату и учтиво поклонился мне. Валахина встала, извиняясь, сказала, что ей надо поговорить с своим homme d'affaires[1], и взглянула на меня с недоумевающим выражением, говорившим: «Ежели вы век хотите сидеть, то я вас не выгоняю». Кое-как сделав страшное усилие над собою, я встал, но уже не был в состоянии поклониться, и, выходя, провожаемый взглядами соболезнования матери и дочери, зацепил за стул, который вовсе не стоял на моей дороге, — но зацепил потому, что все внимание мое было устремлено на то, чтобы не зацепить за ковер, который был под ногами. На чистом воздухе, однако, — подергавшись и помычав так громко, что даже Кузьма несколько раз спрашивал: «Что угодно?» — чувство это рассеялось, и я стал довольно спокойно размышлять об моей любви к Сонечке и о ее отношениях к матери, которые мне показались странны. Когда я потом рассказывал отцу о моем замечании, что Валахина с дочерью не в хороших отношениях, он сказал:

— Да, она ее мучит, бедняжку, своей страшной скупостью, и странно, — прибавил он с чувством более сильным, чем то, которое мог иметь просто к родственнице. — Какая была прелестная, милая, чудная женщина! Я не могу понять, отчего она так переменилась. Ты не видел там, у ней, ее секретаря какого-то? И что за манера русской барыне иметь секретаря? — сказал он, сердито отходя от меня.

— Видел, — отвечал я.

— Что, он хорош собой по крайней мере?

— Нет, совсем нехорош.

— Непонятно, — сказал папа и сердито подергал плечом и покашлял. «Вот я и влюблен», — думал я, катясь далее в своих дрожках.

---

1 поверенным по делам

Глава XIX.
КОРНАКОВЫ

Второй визит по дороге был к Корнаковым. Они жили в бельэтаже большого дома на Арбате. Лестница была чрезвычайно парадна и опрятна, но не роскошна. Везде лежали полосушки, прикрепленные чисто-начисто вычищенными медными прутами, но ни цветов, ни зеркал не было. Зала, через светло налощенный пол которой я прошел в гостиную, была также строго, холодно и опрятно убрана, все блестело и казалось прочным, хотя и не совсем новым, но ни картин, ни гардин, никаких украшений нигде не было заметно. Несколько княжон были в гостиной. Они сидели так аккуратно и праздно, что сейчас было заметно: они не так сидят, когда у них не бывает гостя.

— Maman сейчас выйдет, — сказала мне старшая из них, подсев ко мне ближе. С четверть часа эта княжна занимала меня разговором весьма свободно и так ловко, что разговор ни на секунду не умолкал. Но уж слишком заметно было, что она занимает меня, и поэтому она мне не понравилась. Она рассказала мне между прочим, что их брат Степан, которого они звали *Этьен* и которого года два тому назад отдали в Юнкерскую школу, был уже произведен в офицеры. Когда она говорила о брате и особенно о том, что он против воли maman пошел в гусары, она сделала испуганное лицо, и все младшие княжны, сидевшие молча, сделали тоже испуганные лица; когда она говорила о кончине бабушки, она сделала печальное лицо, и все младшие княжны сделали то же; когда она вспомнила о том, как я ударил St.-Jérôme'а и меня вывели, она засмеялась и показала дурные зубы, и все княжны засмеялись и показали дурные зубы.

Вошла княгиня; та же маленькая, сухая женщина с бегающими глазами и привычкой оглядываться на других, в то время как она говорила с вами. Она взяла меня за руку и подняла свою руку к моим губам, чтобы я поцеловал ее, чего бы я иначе, не полагая этого необходимым, никак не сделал.

— Как я рада вас видеть, — заговорила она с своей обыкновенной речивостью, оглядываясь на дочерей. — Ах, как он похож на свою maman. Не правда ли, Lise?

Lise сказала, что правда, хотя я знаю наверно, что во мне не было ни малейшего сходства с матушкой.

— Так вот как вы, уж и большой стали! И мой Этьен, вы его помните, ведь он ваш троюродный... нет, не троюродный, а как это, Lise? моя мать была Варвара Дмитриевна, дочь Дмитрия Николаича, а ваша бабушка Наталья Николаевна.

— Так четвероюродный, maman, — сказала старшая княжна.

— Ах, ты все путаешь, — сердито кликнула на нее мать, — совсем не троюродный, а issus de germains[1], — вот как вы с моим Этьеночкой. Он уж офицер, знаете? Только нехорошо, что уж слишком на воле. Вас, молодежь, надо еще держать в руках, и вот как!.. Вы на меня не сердитесь, на старую тетку, что я вам правду говорю; я Этьена держала строго и нахожу, что так надо.

— Да, вот как мы родня, — продолжала она, — князь Иван Иваныч мне дядя родной и вашей матери был дядя. Стало быть, двоюродное мы были с вашей maman, нет, троюродные, да, так. Ну, а скажите: вы были, мой друг, у *кнезь* Ивана?

Я сказал, что еще нет, но буду нынче.

— Ах, как это можно! — воскликнула она, — это вам первый визит надо было сделать. Ведь вы знаете, что *кнезь* Иван вам все равно что отец. У него детей нет, стало быть его наследники только вы да мои дети. Вам надо его уважать и по летам, и по положению в свете, и по всему. Я знаю, вы, молодежь нынешнего века, уж не считаете родство и не любите стариков; но вы меня послушайте, старую тетку, потому что я вас люблю, и вашу maman любила, и бабушку тоже очень, очень любила и уважала. Нет, вы поезжайте, непременно, непременно поезжайте.

Я сказал, что непременно поеду, и так как уж визит, по моему мнению, продолжался достаточно долго, я встал и хотел уехать, но она удержала меня.

— Нет, постойте минутку. Где ваш отец, Lise? позовите его сюда; он так рад будет вас видеть, — продолжала она, обращаясь ко мне.

Через минуты две действительно вошел князь Михайло. Это был невысокий плотный господин, весьма неряшливо одетый, невыбритый и с каким-то таким равнодушным выражением в лице, что оно походило даже на глупое. Он нисколько не был рад меня видеть, по крайней мере не

---

1 четвероюродный брат

выразил этого. Но княгиня, которой он, по-моему, очень боялся, сказала ему:

— Не правда ли, как Вольдемар (она забила, верно, мое имя) похож на свою maman? — и сделала такой жест глазами, что князь, должно быть, догадавшись, чего она хотела, подошел ко мне и с самым бесстрастным, даже недовольным выражением лица протянул мне свою небритую щеку, в которую я должен был поцеловать его.

— А ты еще не одет, а тебе надо ехать, — тотчас же после этого начала говорить ему княгиня сердитым тоном, который, видимо, был ей привычен в отношении с домашними, — опять чтоб на тебя сердились, опять хочешь восстановить против себя.

— Сейчас, сейчас, матушка, — сказал князь Михайло и вышел. Я раскланялся и вышел тоже.

Я в первый раз слышал, что мы были наследники князя Ивана Иваныча, и это известие неприятно заразило меня.

Глава XX.
ИВИНЫ

Мне еще тяжелей стало думать о предстоящем необходимом визите. Но прежде, чем к князю, по дороге надо было заехать к Ивиным. Они жили на Тверской, в огромном красивом доме. Не без боязни вошел я на парадное крыльцо, у которого стоял швейцар с булавой.

Я спросил его — дома ли?

— Кого вам надо? Генеральский сын дома, — сказал мне швейцар.

— А сам генерал? — спросил я храбро.

— Надо доложить. Как прикажете? — сказал швейцар и позвонил. Лакейские ноги в штиблетах показались на лестнице. Я так оробел, сам не знаю чего, что сказал лакею, чтоб он не докладывал генералу, а что я пройду прежде к генеральскому сыну. Когда я шел вверх по этой большой лестнице, мне показалось, что я сделался ужасно маленький (и не в переносном, а в настоящем значении этого слова). То же чувство я испытал и тогда, когда мои дрожки подъехали к большому крыльцу: мне показалось, что и дрожки, и лошадь, и кучер сделались маленькие. Генеральский сын лежал на диване с открытой перед ним книгой и спал, когда я вошел к нему. Его гувернер, г. Фрост, который все еще оставался у них в доме, вслед за мной своей молодецкой походкой вошел в комнату и разбудил своего воспитанника. Ивин не изъявил особенной радости при виде меня, и я заметил, что, разговаривая со мной, он смотрел мне в брови. Хотя он был очень учтив, мне казалось, что он занимает меня так же, как и княжна, и что особенного влеченья ко мне он не чувствовал, а надобности в моем знакомстве ему не было, так как у него, верно, был свой, другой круг знакомства. Все это я сообразил преимущественно потому, что он смотрел мне в брови. Одним словом, его отношения со мной были, как мне ни неприятно признаться в этом, почти такие же, как мои с Иленькой. Я начинал приходить в раздраженное состояние духа, каждый взгляд Ивина ловил на лету и, когда он встречался с глазами Фроста, переводил его вопросом: «И зачем он приехал к нам?»

Поговорив немного со мной, Ивин сказал, что его отец и мать дома, так не хочу ли я сойти к ним вместе.

— Сейчас я оденусь, — прибавил он, выходя в другую комнату, несмотря на то, что и в своей комнате был хорошо одет — в новом сюртуке и белом жилете. Через несколько минут он вышел ко мне в мундире, застегнутом на все пуговицы, и мы вместе пошли вниз. Парадные комнаты, через которые мы прошли, были чрезвычайно велики, высоки и, кажется, роскошно убраны, что-то было там мраморное, и золотое, и обвернутое кисеей, и зеркальное. Ирина в одно время с нами из другой двери вошла в маленькую комнату за гостиной. Она очень дружески-родственно приняла меня, усадила подле себя и с участием расспрашивала меня о всем нашем семействе.

Ивина, которую я прежде раза два видал мельком, а теперь рассмотрел внимательно, очень понравилась мне. Она была велика ростом, худа, очень бела и казалась постоянно грустной и изнуренной. Улыбка у нее была печальная, но чрезвычайно добрая; глаза были большие, усталые и несколько косые, что давало ей еще более печальное и привлекательное выражение. Она сидела не сгорбившись, а как-то опустившись всем телом, все движенья ее были падающие. Она говорила вяло, но звук голоса ее и выговор с неясным произношением *р* и *л* были очень приятны. Она не занимала меня. Ей, видимо, доставляли грустный интерес мои ответы об родных, как будто она, слушая меня, с грустью вспоминала лучшие времена. Сын ее вышел куда-то, она минуты две молча смотрела на меня и вдруг заплакала. Я сидел перед ней и никак не мог придумать, что бы мне сказать или сделать. Она продолжала плакать, не глядя на меня. Сначала мне было жалко ее, потом я подумал: «Не надо ли утешать ее, и как это надо сделать?» — и, наконец, мне стало досадно за то, что она ставила меня в такое неловкое положение. «Неужели я имею такой жалкий вид? — думал я, — или уж не нарочно ли она это делает, чтоб узнать, как я поступлю в этом случае?»

«Уйти же теперь неловко, — как будто я бегу от ее слез», — продолжал думать я. Я повернулся на стуле, чтоб хоть напомнить ей о моем присутствии.

— Ах, какая я глупая! — сказала она, взглянув на меня и стараясь улыбнуться, — бывают такие дни, что плачешь без всякой причины.

Она стала искать платок подле себя на диване и вдруг заплакала еще сильнее.

— Ах, Боже мой! как это смешно, что я все плачу. Я так любила вашу мать, мы так дружны... были... и...

Она нашла платок, закрылась им и продолжала плакать. Опять повторилось мое неловкое положение и продолжалось довольно долго. Мне было и досадно и еще больше жалко ее. Слезы ее казались искренни, и мне все думалось, что она не столько плакала об моей матери, сколько о том, что ей самой было не хорошо теперь, и когда-то, в те времена, было гораздо лучше. Не знаю, чем бы это кончилось, ежели бы не вошел молодой Ивин и не сказал, что старик Ивин ее спрашивает. Она встала и хотела уже идти, когда сам Ивин вошел в комнату. Это был маленький, крепкий, седой господин с густыми черными бровями, с совершенно седой, коротко обстриженной головой и чрезвычайно строгим и твердым выражением рта.

Я встал и поклонился ему, но Ивин, у которого было три звезды на беленом фраке, не только не ответил на мой поклон, но почти не взглянул на меня, так что я вдруг почувствовал, что я не человек, а какая-то не стоящая внимания вещь — кресло или окошко, или ежели человек, то такой, который нисколько не отличается от кресла или окошка.

— А вы все не записали графине, моя милая, — сказал

он жене по-французски, с бесстрастным, но твердым выражением лица.

— Прощайте, monsieur Irteneff, — сказала мне Ивина, вдруг как-то гордо кивнув головой и так же, как сын, посмотрев мне в брови. Я поклонился еще раз и ей и ее мужу, и опять на старого Ивина мой поклон подействовал так же, как ежели бы открыли или закрыли окошко. Студент Ивин проводил меня, однако, до двери и дорогой рассказал, что он переходит в Петербургский университет, потому что отец его получил там ме́сто (он назвал мне какое-то очень важное место).

«Ну, уж как папа хочет, — пробормотал я сам себе, садясь в дрожки, — а моя нога больше не будет здесь никогда; эта нюня плачет, на меня глядя, точно я несчастный какой-нибудь, а Ивин, свинья, не кланяется; я же ему задам...» Чем это я хотел задать ему, я решительно не знаю, но так это пришлось к слову.

После часто мне надо было выдерживать увещания — отца, который говорил, что необходимо *кюльтивировать* это знакомство и что я не могу требовать, чтоб человек в таком положении, как Ивин, занимался мальчишкой, как я; но я выдержал характер довольно долго.

Глава XXI.
КНЯЗЬ ИВАН ИВАНОВИЧ

— Ну, теперь последний визит на Никитскую, — сказал я Кузьме, и мы покатили к дому князя Ивана Иваныча.

Пройдя через несколько визитных испытаний, я обыкновенно приобретал самоуверенность и теперь подъезжал было к князю с довольно спокойным духом, как вдруг мне вспомнились слова княгини Корнаковой, что я наследник; кроме того, я увидел у крыльца два экипажа и почувствовал прежнюю робость.

Мне казалось, что и старый швейцар, который отворил мне дверь, и лакей, который снял с меня шинель, и три дамы и два господина, которых я нашел в гостиной, и в особенности сам князь Иван Иваныч, который в штатском сюртуке сидел на диване, — мне казалось, что все смотрели на меня как на наследника, и вследствие этого недоброжелательно. Князь был со мной очень ласков, поцеловал меня, то есть приложил на секунду к моей щеке мягкие, сухие и холодные губы, расспрашивал о моих занятиях, планах, шутил со мной, спрашивал, пишу ли я все стихи, как те, которые написал в именины бабушки, и сказал, чтобы я приходил нынче к нему обедать. Но чем больше он был ласков, тем больше мне все казалось, что он хочет обласкать меня только с тем, чтобы не дать заметить, как ему неприятна мысль, что я его наследник. Он имел привычку, происходившую от фальшивых зубов, которых у него был полон рот, — сказав что-нибудь, поднимать верхнюю губу к носу и, производя легкий звук сопения, как будто втягивать эту губу себе в ноздри, и когда он это делал теперь, мне все казалось, что он про себя говорил: «Мальчишка, мальчишка, и без тебя знаю: наследник, наследник», и т. д.

Когда мы были детьми, мы называли князя Ивана Иваныча дедушкой, но теперь, в качестве наследника, у меня язык не ворочался сказать ему — «дедушка», а сказать — «ваше сиятельство», — как говорил один из господ, бывших тут, мне казалось унизительным, так что во все время разговора я старался никак не называть его. Но более всего меня смущала старая княжна, бывшая тоже наследницей князя и жившая в его доме. Во все время обеда, за которым я сидел рядом с княжной, я предполагал, что княжна не говорит со мной потому, что ненавидит меня за то, что я такой же наследник князя, как и она, и что князь не обращает внимания на нашу сторону стола потому, что мы — я и княжна — наследники, ему одинаково противны.

— Да, ты не поверишь, как мне было неприятно, — говорил я в тот же день вечером Дмитрию, желая похвастаться перед ним чувством отвращения к мысли о том, что я наследник (мне казалось, что это чувство очень хорошее), — как мне неприятно было нынче целых два часа пробыть у князя. Он прекрасный человек и был очень ласков ко мне, — говорил я, желая, между прочим, внушить своему другу, что все это я говорю не вследствие того, чтобы я чувствовал себя униженным перед князем, — но, — продолжал я, — мысль о том, что на меня могут смотреть, как на княжну, которая живет у него в доме и подличает перед ним, — ужасная мысль. Он чудесный старик и со всеми чрезвычайно добр и деликатен, а больно смотреть, как он _мальтретирует_ эту княжну. Эти отвратительные деньги портят все отношения! Знаешь, я думаю, гораздо бы лучше прямо объясниться с князем, — говорил я, — сказать ему, что я его уважаю как человека, но о наследстве его не думаю и прошу его, чтобы он мне ничего не оставлял, и что только в этом случае я буду ездить к нему.

Дмитрий не расхохотался, когда я сказал ему это; напротив, он задумался и, помолчав несколько минут, сказал мне:

— Знаешь что? Ты не прав. Или тебе не должно вовсе предполагать, чтоб о тебе могли думать так же, как об этой вашей княжне какой-то, или ежели уж ты предполагаешь это, то предполагай дальше, то есть что ты знаешь, что о тебе могут думать, но что мысли эти так далеки от тебя, что ты их презираешь и на основании их ничего не будешь делать. Ты предполагай, что они предполагают, что ты предполагаешь это... но, одним словом, — прибавил он, чувствуя, что путается в своем рассуждении, — гораздо лучше вовсе и не предполагать этого.

Мой друг был совершенно прав; только гораздо, гораздо позднее я из опыта жизни убедился в том, как вредно думать и еще вреднее говорить многое, кажущееся очень благородным, но что должно навсегда быть спрятано от всех в сердце каждого человека, — и в том, что благородные слова редко сходятся с благородными делами. Я убежден в том, что уже по одному тому, что хорошее намерение высказано, — трудно, даже большей частью невозможно, исполнить это хорошее намерение. Но как удержать от высказывания благородно-самодовольные порывы юности? Только гораздо позже вспоминаешь их и жалеешь о них, как о цветке, который — не удержался — сорвал нераспустившимся и потом увидел на земле завялым и затоптанным.

Я, который сейчас только говорил Дмитрию, своему другу, о том, как деньги портят отношения, на другой день утром, перед нашим отъездом в деревню, когда оказалось, что я промотал все свои деньги на разные картинки и стамбулки, взял у него двадцать пять рублей ассигнациями на дорогу, которые он предложил мне, и потом очень долго оставался ему должен.

Глава XXII.
ЗАДУШЕВНЫЙ РАЗГОВОР С МОИМ ДРУГОМ

Теперешний разговор наш происходил в фаэтоне на дороге в Кунцево. Дмитрий отсоветовал мне ехать утром с визитом к своей матери, а заехал за мной после обеда, чтоб увезти на весь вечер, и даже ночевать, на дачу, где жило его семейство. Только когда мы выехали из города и грязно-пестрые улицы и несносный оглушительный шум мостовой заменились просторным видом полей и мягким похряскиванием колес по пыльной дороге и весенний пахучий воздух и простор охватил меня со всех сторон, только тогда я немного опомнился от разнообразных новых впечатлений и сознания свободы, которые в эти два дня совершенно меня запутали. Дмитрий был общителен и кроток, не поправлял головой галстука, не подмигивал нервически и не зажмуривался; я был доволен теми благородными чувствами, которые ему высказал, полагая, что за них он совершенно простил мне мою постыдную историю с Колпиковым, не презирает меня за нее, и мы дружно разговорились о многом таком задушевном, которое не во всяких условиях говорится друг другу. Дмитрий рассказывал мне про свое семейство, которого я еще не знал, про мать, тетку, сестру и ту, которую Володя и Дубков считали пассией моего друга и называли *рыженькой* . Про мать он говорил с некоторой холодной и торжественной похвалой, как будто с целью предупредить всякое возражение по этому предмету; про тетку он отзывался с восторгом, но и с некоторой снисходительностью; про сестру он говорил очень мало и как будто бы стыдясь мне говорить о ней; но про *рыженькую* , которую по-настоящему звали Любовью Сергеевной и которая была пожилая девушка, жившая по каким-то семейным отношениям в доме Нехлюдовых, он говорил мне с одушевлением.

— Да, она удивительная девушка, — говорил он, стыдливо краснея, но тем с большей смелостью глядя мне в глаза, — она уж не молодая девушка, даже скорей старая, и совсем нехороша собой, но ведь что за глупость, бессмыслица — любишь красоту! — я этого не могу понять, так это глупо (он говорил это, как будто только что открыл самую новую, необыкновенную истину), а такой души, сердца и правил... я уверен, не найдешь подобной девушки в нынешнем свете (не знаю, от кого перенял Дмитрий привычку говорить, что все хорошее редко в нынешнем свете, но он любил повторять это выражение, и оно как-то шло к нему). Только я боюсь, — продолжал он спокойно, совершенно уже уничтожив своим рассуждением людей, которые имели глупость любить красоту, — я боюсь, что ты не поймешь и не узнаешь ее скоро: она скромна и даже скрытна, не любит показывать свои прекрасные, удивительные качества. Вот матушка, которая, ты увидишь, прекрасная и умная женщина, — она знает Любовь Сергеевну уже несколько лет и не может и не хочет понять ее. Я даже вчера... я скажу тебе, отчего я был не в духе, когда ты у меня спрашивал. Третьего дня Любовь Сергеевна желала, чтоб я съездил с ней к Ивану, Яковлевичу, — ты слышал, верно, про Ивана Яковлевича, который будто бы сумасшедший, а действительно — замечательный человек. Любовь Сергеевна чрезвычайно религиозна, надо тебе сказать, и понимает совершенно Ивана Яковлевича. Она часто ездит к нему, беседует с ним и дает ему для бедных деньги, которые сама вырабатывает. Она удивительная женщина, ты увидишь. Ну, и я ездил с ней к Ивану Яковлевичу и очень благодарен ей за то, что видел этого замечательного человека. А матушка никак не хочет понять этого, видит в этом суеверие. И вчера у меня с матушкой в первый раз в жизни был спор, и довольно горячий, — заключил он, сделав судорожное движение шеей, как будто в воспоминание о чувстве, которое он испытывал при этом споре.

— Ну, и как же ты думаешь? то есть как, когда ты воображаешь, что выйдет... или вы с нею говорите о том, что будет и чем кончится ваша любовь или дружба? — спросил я, желая отвлечь его от неприятного воспоминания.

— Ты спрашиваешь, думаю ли я жениться на ней? — спросил он меня, снова краснея, но смело, повернувшись, глядя мне в лицо.

«Что ж в самом деле, — подумал я, успокаивая себя, — это ничего, мы *большие* два друга, едем в фаэтоне и рассуждаем о нашей будущей жизни. Всякому даже приятно бы было теперь со стороны послушать и посмотреть на нас».

— Отчего ж нет? — продолжал он после моего утвердительного ответа, — ведь моя цель, как и всякого благоразумного человека, — быть счастливым и хорошим, сколько возможно; и с ней, ежели только она захочет этого, когда я буду совершенно независим, я с ней буду и счастливее и лучше, чем с первой красавицей в мире.

В таких разговорах мы и не заметили, как подъезжали к Кунцеву, — не заметили и того, что небо заволокло, и собирался дождик. Солнце уже стояло невысоко, направо, над старыми деревьями кунцевского сада, и половина блестящего красного круга была закрыта серой, слабо просвечивающей тучей; из другой половины брызгами вырывались раздробленные огненные лучи и поразительно ярко освещали старые деревья сада, неподвижно блестевшие своими зелеными густыми макушками еще на ясном, освещенном месте лазури неба. Блеск и свет этого края неба был резко противоположен лиловой тяжелой туче, которая залегла перед нами над молодым березником, видневшимся на горизонте.

Немного правее виднелись уже из-за кустов и дерев разноцветные крыши дачных домиков, из которых некоторые отражали на себе блестящие лучи солнца, некоторые принимали на себя унылый характер другой стороны неба. Налево внизу синел неподвижный пруд, окруженный бледно-зелеными ракитами, которые темно отражались на его матовой, как бы выпуклой поверхности. За прудом, по полугорью, расстилалось паровое чернеющее поле, и прямая линия ярко-зеленой межи, пересекавшей его, уходила вдаль и упиралась в свинцовый грозовый горизонт. С обеих сторон мягкой дороги, по которой мерно покачивался фаэтон, резко зеленела сочная уклочившаяся рожь, уж кое-где начинавшая выбивать в трубку. В воздухе было совершенно тихо и пахло свежестью; зелень деревьев, листьев и ржи была неподвижна и необыкновенно чиста и ярка. Казалось, каждый лист, каждая травка жили своей отдельной, полной и счастливой жизнью. Около дороги я заметил черноватую тропинку, которая вилась между темно-зеленой уже больше чем на четверть поднявшейся рожью, и эта тропинка почему-то мне чрезвычайно живо напомнила деревню и, вследствие воспоминания о деревне, по какой-то странной связи мыслей, чрезвычайно живо напомнила мне Сонечку и то, что я влюблен в нее.

Несмотря на всю дружбу мою к Дмитрию и на удовольствие, которое доставляла мне его откровенность, мне не хотелось более ничего знать о его чувствах и намерениях в отношении Любовь Сергеевны, а непременно хотелось сообщить про свою любовь к Сонечке, которая мне казалась любовью гораздо высшего разбора. Но я почему-то не решился сказать ему прямо свои предположения о том, как будет хорошо, когда я, женившись на Сонечке, буду жить в деревне, как у меня будут маленькая дети, которые, ползая по полу, будут называть меня папой, и как я обрадуюсь, когда он с своей женой, Любовью Сергеевной, приедет ко мне в дорожном платье... а сказал вместо всего этого, указывая на заходящее солнце: «Дмитрий, посмотри, какая прелесть!»

Дмитрий ничего не сказал мне, видимо недовольный тем, что на его признание, которое, вероятно, стоило ему труда, я отвечал, обращая его внимание на природу, к которой он вообще был хладнокровен. Природа действовала на него совсем иначе, чем на меня: она действовала на него не столько красотой, сколько занимательностью; он любил ее более умом, чем чувством.

— Я очень счастлив, — сказал я ему вслед за этим, не обращая внимания на то, что он, видимо, был занят своими мыслями и совершенно равнодушен к тому, что я мог сказать ему. — Я ведь тебе говорил, помнишь, про одну барышню, в которую я был влюблен, бывши ребенком; я видел ее нынче, — продолжал я с увлечением, — и теперь я решительно влюблен в нее...

И я рассказал ему, несмотря на продолжавшееся на лице его выражение равнодушия, про свою любовь и про все планы о будущем супружеском счастии. И странно, что как только я рассказал подробно про всю силу своего чувства, так в то же мгновение я почувствовал, как чувство это стало уменьшаться.

Дождик захватил нас, когда уже мы повернули в березовую аллею, ведущую к даче. Но он не замочил нас. Я знал, что шел дождик, только потому, что несколько капель упало мне на нос и на руку и что что-то зашлепало по молодым клейким листьям берез, которые, неподвижно повесив свои кудрявые ветви, казалось, с наслаждением, выражающимся тем сильным запахом, которым они наполняли аллею, принимали на себя эти чистые, прозрачные капли. Мы вышли из коляски, чтоб поскорее до дома пробежать садом. Но у самого входа в дом столкнулись с четырьмя дамами, из которых две с работами, одна с книгой, а другая с собачкой скорыми шагами шли с другой стороны. Дмитрий тут же представил меня своей матери, сестре, тетке и Любовь Сергеевне. На секунду они остановились, но дождик начинал накрапывать чаще и чаще.

— Пойдемте на галерею, там ты его еще раз представишь, — сказала та, которую я принял за мать Дмитрия, и мы вместе с дамами взошли на лестницу.

Глава XXIII.
НЕХЛЮДОВЫ

В первую минуту из всего этого общества более всех поразила меня Любовь Сергеевна, которая, держа на руках болонку, сзади всех, в толстых вязаных башмаках, всходила на лестницу и раза два, остановившись, внимательно оглянулась на меня и тотчас после этого поцеловала свою собачку. Она была очень нехороша собой: рыжа, худа, невелика ростом, немного кривобока. Что еще более делало некрасивым ее некрасивое лицо, была странная прическа с пробором сбоку (одна из тех причесок, которые придумывают для себя плешивые женщины). Как я ни старался в угодность своему другу, я не мог в ней найти ни одной красивой черты. Даже карие глаза ее, хотя и выражавшие добродушие, были слишком малы и тусклы и решительно нехороши; даже руки, эта характеристическая черта, хотя и небольшие и недурной формы, были красны и шершавы.

Когда я вслед за ними вошел на террасу — исключая Вареньки, сестры Дмитрия, которая только внимательно посмотрела на меня своими большими темно-серыми глазами, — каждая из дам сказала мне несколько слов, прежде чем они снова взяли каждая свою работу, а Варенька вслух начала читать книгу, которую она держала у себя на коленях заложив пальцем.

Княгиня Марья Ивановна была высокая, стройная женщина лет сорока. Ей можно бы было дать больше, судя по буклям полуседых волос, откровенно выставленных из-под чепца, но по свежему, чрезвычайно нежному, почти без морщин лицу, в особенности же по живому, веселому блеску больших глаз ей казалось гораздо меньше. Глаза у нее были карие, очень открытые; губы слишком тонкие, немного строгие; нос довольно правильный и немного на левую сторону; рука у нее была без колец, большая, почти мужская, с прекрасными продолговатыми пальцами. На ней было темно-синее закрытое платье, крепко стягивающее ее стройную и еще молодую талию, которой она, видимо, щеголяла. Она сидела чрезвычайно прямо и шила какое-то платье. Когда я вошел на галерею, она взяла мою руку, притянула меня к себе, как будто с желанием рассмотреть меня поближе, и сказала, взглянув на меня тем же несколько холодным, открытым взглядом, который был у ее сына, что она меня давно знает по рассказам Дмитрия и что для того, чтобы ознакомиться хорошенько с ними, она приглашает меня пробыть у них целые сутки.

— Делайте все, что вам вздумается, нисколько не стесняясь нами, так же как и мы не будем стесняться вами, — гуляйте, читайте, слушайте или спите, ежели вам это веселее, — прибавила она.

Софья Ивановна была старая девушка и младшая сестра княгини, но на вид она казалась старше. Она имела тот особенный переполненный характер сложения, который только встречается у невысоких ростом, очень полных старых дев, носящих корсеты. Как будто все здоровье ее ей подступило кверху с такой силой, что всякую минуту угрожало задушить ее. Ее коротенькие толстые ручки не могли соединяться ниже выгнутого мыска лифа, и самый туго-натуго натянутый мысок лифа она уже не могла видеть.

Несмотря на то, что княгиня Марья Ивановна была черноволоса и черноглаза, а Софья Ивановна белокура и с большими живыми и вместе с тем (что большая редкость) спокойными голубыми глазами, между сестрами было большое семейное сходство; то же выражение, тот же нос, те же губы; только у Софьи Ивановны и нос и губы были потолще немного и на правую сторону, когда она улыбалась, тогда как у княгини они были на левую. Софья Ивановна, судя по одежде и прическе, еще, видимо, молодилась и не выставила бы седых буклей, ежели бы они у нее были. Ее взгляд и обращение со мною показались мне в первую минуту очень гордыми и смутили меня; тогда как с княгиней, напротив, я чувствовал себя совершенно развязным. Может быть, эта толщина и некоторое сходство с портретом Екатерины Великой, которое поразило меня в ней, придавали ей в моих глазах гордый вид; но я совершенно оробел, когда она, пристально глядя на меня, сказала мне: «Друзья наших друзей — наши друзья». Я успокоился и вдруг совершенно переменил о ней мнение только тогда, когда она, сказав эти слова, замолчала и, открыв рот, тяжело вздохнула. Должно быть, от полноты у нее была привычка после нескольких сказанных слов глубоко вздыхать, открывая немного рот и несколько закатывая свои большие голубые глаза. В этой привычке почему-то выражалось такое милое добродушие, что вслед за этим вздохом я потерял к ней страх, и она даже мне очень понравилась. Глаза ее были прелестны, голос звучен и приятен, даже эти очень круглые линии сложения в ту пору моей юности казались мне не лишенными красоты.

Любовь Сергеевна, как друг моего друга (я полагал) должна была сейчас же сказать мне что-нибудь очень дружеское и задушевное, и она даже смотрела на меня довольно долго молча, как будто в нерешимости — не будет ли уж слишком дружески то, что она намерена сказать мне; но она прервала это молчание только для того, чтобы спросить меня, в каком я факультете. Потом снова она довольно долго пристально смотрела на меня, видимо колеблясь: сказать или не сказать это задушевное дружеское слово; и я, заметив это сомнение, выражением лица умолял ее сказать мне все, но она сказала: «Нынче, говорят, в университете уже мало занимаются науками», — и подозвала свою собачку Сюзетку.

Любовь Сергеевна весь этот вечер говорила такими большею частию не идущими ни к делу, ни друг к другу изречениями; но я так верил Дмитрию, и он так заботливо весь этот вечер смотрел то на меня, то на нее с выражением, спрашивавшим: «Ну, что?» — что я, как это часто случается, хотя в душе был уже убежден, что в Любовь Сергеевне ничего особенного нет, еще чрезвычайно далек был от того, чтобы высказать эту мысль даже самому себе.

Наконец последнее лицо этого семейства, Варенька, была очень полная девушка лет шестнадцати.

Только темно-серые большие глаза, выражением, соединявшим веселость и спокойную внимательность, чрезвычайно похожие на глаза тетки, очень большая русая коса и чрезвычайно нежная и красивая рука — были хороши в ней.

— Вам, я думаю, скучно, monsieur Nicolas, слушать из

середины, — сказала мне Софья Ивановна с своим добродушным вздохом, переворачивая куски платья, которое она шила.

Чтение в это время прекратилось, потому что Дмитрий куда-то вышел из комнаты.

— Или, может быть, вы уже читали «Роброя»?

В то время я считал своею обязанностию, вследствие уже одного того, что носил студенческий мундир, с людьми мало мне знакомыми на каждый даже самый простой вопрос отвечать непременно очень *умно и оригинально* и считал величайшим стыдом короткие и ясные ответы, как: да, нет, скучно, весело и тому подобное. Взглянув на свои новые модные панталоны и блестящие пуговицы сюртука, я отвечал, что не читал «Роброя», но что мне было очень интересно слушать, потому что я больше люблю читать книги из средины, чем с начала.

— Вдвое интересней: догадываешься о том, что было и что будет, — добавил я, самодовольно улыбаясь.

Княгиня засмеялась как будто бы неестественным смехом (впоследствии я заметил, что у ней не было другого смеха).

— Однако это, должно быть, правда, — сказала она. — А что, вы долго здесь пробудете, Nicolas? Вы не обидитесь, что я вас зову без monsieur? Когда вы едете?

— Не знаю, может быть, завтра, а может быть, пробудем еще довольно долго, — отвечал я почему-то, несмотря на то, что мы наверное должны были ехать завтра.

— Я бы желала, чтоб вы остались, и для вас и для моего Дмитрия, — заметила княгиня, глядя куда-то далеко, — в ваши года дружба славная вещь.

Я чувствовал, что все смотрели на меня и ожидали того, что я скажу, хотя Варенька и притворялась, что смотрит работу тетки; я чувствовал, что мне делают в некотором роде экзамен и что надо показаться как можно выгодней.

— Да, для меня, — сказал я, — дружба Дмитрия полезна, но я не могу ему быть полезен: он в тысячу раз лучше меня. (Дмитрий не мог слышать того, что я говорил, иначе я бы боялся, что он почувствует неискренность моих слов.)

Княгиня засмеялась снова неестественным, ей естественным, смехом.

— Ну, а послушать его, — сказала она, — так c'est vous

qui êtes un petit monstre de perfection[1].

«Monstre de perfection — это отлично, надо запомнить», — подумал я.

— Но, впрочем, не говоря об вас, он на это мастер, — продолжала она, понизив голос (что мне было особенно приятно) и указывая глазами на Любовь Сергеевну, — он открыл в *бедной тетеньке* (так называлась у них Любовь Сергеевна), которую я двадцать лет знаю с ее Сюзеткой, такие совершенства, какие я и не подозревала... Варя, вели мне дать стакан воды, — прибавила она, снова взглянув вдаль, должно быть найдя, что было еще рано или вовсе не нужно посвящать меня в семейные отношения, — или нет, лучше он сходит. Он ничего не делает, а ты читай. Идите, мой друг, прямо в дверь и, пройдя пятнадцать шагов, остановитесь и скажите громким голосом: «Петр, подай Марье Ивановне стакан воды со льдом», — сказала она мне и снова слегка засмеялась своим неестественным смехом.

«Верно, она хочет про меня поговорить, — подумал я, выходя из комнаты, — верно, хочет сказать, что она заметила, что я очень и очень умный молодой человек». Я еще не успел пройти пятнадцати шагов, как толстая, запыхавшаяся Софья Ивановна, однако скорыми и легкими шагами, догнала меня.

— Merci, mon cher[2], — сказала она, — я сама иду туда, так скажу.

Глава XXIV.
ЛЮБОВЬ

Софья Ивановна, как я ее после узнал, была одна из тех редких немолодых женщин, рожденных для семейной жизни, которым судьба отказала в этом счастии и которые вследствие этого отказа весь тот запас любви, который так долго хранился, рос и креп в их сердце для детей и мужа, решаются вдруг изливать на некоторых избранных. И запас этот у старых девушек такого рода бывает так неистощим, что, несмотря на то, что избранных много, еще остается много любви, которую они изливают на всех окружающих, на всех добрых и злых людей, которые только сталкиваются с ними в жизни.

---

1 это вы — маленькое чудное совершенство
2 Благодарю, дорогой мой

Есть три рода любви:
1) Любовь красивая,
2) Любовь самоотверженная и
3) Любовь деятельная.

Я говорю не о любви молодого мужчины к молодой девице и наоборот, я боюсь этих нежностей и был так несчастлив в жизни, что никогда не видал в этом роде любви ни одной, искры правды, а только ложь, в которой чувственность, супружеские отношения, деньги, желание связать или развязать себе руки до того запутывали самое чувство, что ничего разобрать нельзя было. Я говорю про любовь к человеку, которая, смотря по большей или меньшей силе души, сосредоточивается на одном, на некоторых или изливается на многих, про любовь к матери, к отцу, к брату, к детям, к товарищу, к подруге, к соотечественнику, про любовь к человеку.

Любовь красивая заключается в любви красоты самого чувства и его выражения. Для людей, которые так любят, — любимый предмет любезен только настолько, насколько он возбуждает то приятное чувство, сознанием и выражением которого они наслаждаются. Люди, которые любят красивой любовью, очень мало заботятся о взаимности, как о обстоятельстве, не имеющем никакого влияния на красоту и приятность чувства. Они часто переменяют предметы своей любви, так как их главная цель состоит только в том, чтоб приятное чувство любви было постоянно возбуждаемо. Для того чтобы поддержать в себе это приятное чувство, они постоянно в самых изящных выражениях говорят о своей любви как самому предмету, так и всем тем, кому даже и нет до этой любви никакого дела. В нашем отечестве люди известного класса, любящие *красиво*, не только всем рассказывают про свою любовь, но рассказывают про нее непременно по-французски. Смешно и странно сказать, но я уверен, что было очень много и теперь есть много людей известного общества, в особенности женщин, которых любовь к друзьям, мужьям, детям сейчас бы уничтожилась, ежели бы им только запретили про нее говорить по-французски.

Второго рода любовь — *любовь самоотверженная*, заключается в любви к процессу жертвования собой для любимого предмета, не обращая никакого внимания на то, хуже или лучше от этих жертв любимому предмету. «Нет никакой неприятности, которую бы я не решился сделать самому себе, для того чтобы доказать всему свету и *ему* или *ей* свою преданность». Вот формула этого рода любви. Люди, любящие так, никогда не верят взаимности (потому что еще достойнее жертвовать собою для того, кто меня не понимает), всегда бывают болезненны, что тоже увеличивает заслугу жертв; большей частью постоянны, потому что им тяжело бы было потерять заслугу тех жертв, которые они сделали любимому предмету; всегда готовы умереть для того, чтоб доказать *ему* или *ей* всю свою преданность, но пренебрегают мелкими ежедневными доказательствами любви, в которых не нужно особенных порывов самоотвержения. Им все равно, хорошо ли вы ели, хорошо ли спали, весело ли вам, здоровы ли вы, и они ничего не сделают, чтоб доставить вам эти удобства, ежели они в их власти; но стать под пулю, броситься в воду, в огонь, зачахнуть от любви — на это они всегда готовы, ежели только встретится случай. Кроме того, люди, склонные к любви самоотверженной, бывают всегда горды своею любовью, взыскательны, ревнивы, недоверчивы и, странно сказать, желают своим предметам опасностей, чтоб избавлять от них, несчастий, чтоб утешать, и даже пороков, чтоб исправлять от них.

Вы одни живете в деревне с своей женой, которая любит вас с самоотвержением. Вы здоровы, спокойны, у вас есть занятия, которые вы любите; любящая жена ваша так слаба, что не может заниматься ни домашним хозяйством, которое передано на руки слуг, ни детьми, которые на руках нянек, ни даже какие-нибудь делом, которое бы она любила, потому что она ничего не любит, кроме вас. Она *видимо* больна, но, не желая вас огорчить, не хочет говорить вам этого; она *видимо* скучает, но для вас она готова скучать всю свою жизнь; ее *видимо* убивает то, что вы так пристально занимаетесь своим делом (какое бы оно ни было: охота, книги, хозяйство, служба); она видит что эти занятия погубят вас, — но она молчит и терпит. Но вот вы сделались больны, — любящая жена ваша забывает свою болезнь и неотлучно, несмотря на ваши просьбы не мучить себя напрасно, сидит у вашей постели, и вы всякую секунду чувствуете на себе ее соболезнующий взгляд, говорящий: «Что же, я говорила, но мне все равно, и я все-таки не оставлю тебя». Утром вам немного получше, вы выходите в другую комнату. Комната не протоплена, не убрана; суп, который один вам можно есть, не заказан повару, за лекарством не послано; но, изнуренная от ночного бдения, любящая жена ваша все с таким же выражением соболезнования смотрит на вас, ходит на цыпочках и шепотом отдает слугам непривычные и неясные приказания. Вы хотите читать — любящая жена с вздохом говорит вам, что она знает, что вы ее не послушаетесь, будете сердиться на нее, но она уж привыкла к этому, — вам лучше не читать; вы хотите пройтись по комнате — вам этого тоже лучше не делать; вы хотите поговорить с приехавшим приятелем — вам лучше не говорить. Ночью у вас снова жар, вы хотите забыться, но любящая жена ваша, худая, бледная, изредка вздыхая, в полусвете ночника сидит против вас на кресле и малейшим движением, малейшим звуков возбуждает в вас чувства досады и нетерпения. У вас есть слуга, с которым вы живете уж двадцать лет, к которому вы привыкли, который с удовольствием и отлично служит вам, потому что днем выспался и получает за свою службу жалованье, но она не позволяет ему служить вам. Она все делает сама своими слабыми, непривычными пальцами, за которыми вы не можете не следить с сдержанной злобой, когда эти белые пальцы тщетно стараются откупорить склянку, тушат свечку, проливают лекарство или брюзгливо дотрагиваются до вас. Ежели вы нетерпеливый, горячий человек и попросите ее уйти, вы услышите своим раздраженным, болезненным слухом, как она за дверью будет покорно вздыхать и плакать и шептать какой-нибудь вздор вашему человеку. Наконец, ежели вы не умерли, любящая жена ваша, которая не спала двадцать ночей во время вашей болезни (что она беспрестанно вам повторяет), делается больна, чахнет, страдает и становится еще меньше способна к какому-нибудь занятию и, в то время как вы находитесь в нормальном состоянии, выражает свою любовь самоотвержения только кроткой скукой, которая невольно сообщается вам и всем окружающим.

Третий род — *любовь деятельная* , заключается в стремлении удовлетворять все нужды, все желания, прихоти, даже пороки любимого существа. Люди, которые любят так, любят всегда на всю жизнь, потому что чем больше они любят, тем больше узнают любимый предмет и тем легче им любить, то есть удовлетворять его желания. Любовь их редко выражается словами, и если выражается, то не только не самодовольно, красиво, но стыдливо, неловко, потому что они всегда боятся, что любят недостаточно. Люди эти любят даже пороки любимого существа, потому что пороки эти дают им возможность удовлетворять еще новые желания. Они ищут взаимности, охотно даже обманывая себя, верят в нее и счастливы, если имеют ее; но любят все так же даже и в противном случае и не только желают счастия для любимого предмета, но всеми теми моральными и материальными, большими и мелкими средствами, которые находятся в их власти, постоянно стараются доставить его.

И вот эта-то деятельная любовь к своему племянника, племяннице, к сестре, к Любовь Сергеевне, ко мне даже, за то, что меня любил Дмитрий, светилась в глазах, в каждом слове и движении Софьи Ивановны.

Только гораздо после я оценил вполне Софью Ивановну, но и тогда мне пришел в голову вопрос: почему Дмитрий, старавшийся понимать любовь совершенно иначе, чем обыкновенно молодые люди, и имевший всегда перед глазами милую, любящую Софью Ивановну, вдруг страстно полюбил непонятную Любовь Сергеевну и только допускал, что в его тетке есть тоже хорошие качества. Видно, справедливо изречение: «Нет пророка в отечестве своем». Одно из двух: или действительно в каждом человеке больше дурного, чем хорошего, или человек больше восприимчив к дурному, чем к хорошему. Любовь Сергеевну он знал недавно, а любовь тетки он испытывал с тех пор, как родился.

Глава XXV.
Я ОЗНАКАМЛИВАЮСЬ

Когда я вернулся на галерею, там вовсе не говорили обо мне, как я предполагал; но Варенька не читала, а, отложив в сторону книгу, с жаром спорила с Дмитрием, который, расхаживая взад и вперед, поправлял шеей галстук и зажмуривался. Предмет споров был будто бы Иван Яковлевич и суеверие; но спор был слишком горяч для того, чтобы подразумеваемый смысл его не был другой, более близкий всему семейству. Княгиня и Любовь Сергеевна сидели молча, вслушиваясь в каждое слово, видимо желая иногда принять участие в споре, но удерживаясь и предоставляя говорить за себя, одна — Вареньке, другая — Дмитрию. Когда я вошел, Варенька взглянула на меня с выражением такого равнодушия, что видно было, спор сильно занимал ее, и ей было все равно, буду ли я, или не буду слышать то, что она говорила. Такое же выражение имел взгляд княгини, которая, видимо, была на стороне Вареньки. Но Дмитрий еще горячее стал спорить при мне, а Любовь Сергеевна как будто очень испугалась моего прихода и сказала, не обращаясь ни к кому в особенности:

— Правду говорят старые люди — si jeunesse savait, si vieillesse pouvait[1].

Но это изречение не прекратило спора, а только навело меня на мысль, что сторона Любовь Сергеевны и моего друга была неправая сторона. Хотя мне было несколько совестно присутствовать при маленьком семейном раздоре, однако и было приятно видеть настоящие отношения этого семейства, выказывавшиеся вследствие спора, и чувствовать, что мое присутствие не мешало им выказываться.

Как часто бывает, что вы года видите семейство под одной и той же ложной завесой приличия, и истинные отношения его членов остаются для вас тайной (я даже замечал, что чем непроницаемее и потому красивее эта завеса, тем грубее бывают истинные, скрытые от вас отношения)! Но случится раз, совершенно неожиданно поднимется в кругу этого семейства какой-нибудь, иногда кажущийся незначащим, вопрос о какой-нибудь блонде или визите на мужниных лошадях, — и, без всякой видимой причины, спор становится ожесточеннее и ожесточеннее, под завесой уже становится тесно для разбирательства дела, и вдруг, к ужасу самих спорящих и к удивлению присутствующих, все истинные, грубые отношения вылезают наружу, завеса, уже ничего не прикрывая, праздно болтается между воюющими сторонами и только напоминает вам о том, как долго вы были ею обмануты. Часто не так больно со всего размаху удариться головой о притолоку, как чуть-чуть, легонько дотронуться до наболевшего, натруженного места. И такое натруженное, больное место бывает почти в каждом семействе. В семействе Нехлюдовых такое натруженное место

_____

1 если бы молодость знала, если бы старость могла

была странная любовь Дмитрия к Любовь Сергеевне, возбуждавшая в сестре и матери если не чувство зависти, то оскорбленное родственное чувство. Поэтому-то и спор об Иване Яковлевиче и суеверии имел для всех них такое серьезное значение.

— Ты всегда стараешься видеть в том, над чем другие смеются и что все презирают, — говорила Варенька своим звучным голосом и отчетливо выговаривая каждую букву, — ты именно во всем этом стараешься находить что-нибудь необыкновенно хорошее.

— Во-первых, только самый *легкомысленный человек* может говорить о презрении к такому замечательному человеку, как Иван Яковлевич, — отвечал Дмитрий, судорожно подергивая головою в противную сторону от сестры, — а во-вторых, напротив, *ты* стараешься нарочно не видать хорошего, которое у тебя стоит перед глазами.

Вернувшись к нам, Софья Ивановна несколько раз испуганно посмотрела то на племянника, то на племянницу, то на меня и раза два, как будто сказав что-то мысленно, открыв рот, тяжело вздохнула.

— Варя, пожалуйста, читай поскорее, — сказала она, подавая ей книгу и ласково потрепав ее по руке, — я непременно хочу знать, нашел ли он ее опять. (Кажется, что в романе и речи не было о том, чтобы кто-нибудь находил кого-нибудь.) А ты, Митя, лучше бы завязал щеку, мой дружок, а то свежо и опять у тебя разболятся зубы, — сказала она племяннику, несмотря на недовольный взгляд, который он бросил на нее, должно быть за то, что она прервала логическую нить его доводов. Чтение продолжалось.

Эта маленькая ссора нисколько не расстроила того семейного спокойствия и разумного согласия, которым дышал этот женский кружок.

Этот кружок, которому направление и характер, видимо, давала княгиня Марья Ивановна, имел для меня совершенно новый и привлекательный характер какой-то логичности и вместе с тем простоты и изящества. Этот характер выражался для меня и в красоте, чистоте и прочности вещей — колокольчика, переплета книги, кресла, стола, — и в прямой, поддержанной корсетом, позе княгини, и в выставленных напоказ буклях седых волос; и в манере называть меня при первом свидании просто Nicolas и *он*, в их занятиях, в чтении, и в шитье платья, и в необыкновенной белизне дамских рук. (У них у всех была в руке общая семейная черта, состоящая в том, что мякоть ладони с внешней стороны была алого цвета и отделялась резкой прямой чертой от необыкновенной белизны верхней части руки.) Но более всего этот характер выражался в их манере, всех трех, отлично говорить по-русски и по-французски, отчетливо выговаривая каждую букву, с педантической точностью доканчивая каждое слово и предложение. Все это, и особенно то, что в этом обществе со мной обращались просто и серьезно, как с большим, говорили мне свои, слушали мои мнения, — к этому я так мало привык, что несмотря на блестящие пуговицы и голубые обшлага, я все боялся, что вдруг мне скажут: «Неужели вы думаете, что с вами серьезно разговаривают? ступайте-ка учиться», — все это делало то, что в этом обществе я не чувствовал ни малейшей застенчивости. Я вставал, пересаживался с места на место и смело говорил со всеми, исключая Вареньки, с которой мне казалось еще неприлично, почему-то запрещено было говорить для первого разу.

Во время чтения, слушая ее приятный, звучный голос, я, поглядывая то на нее, то на песчаную дорожку цветника, на которой образовывались круглые темнеющие пятна дождя, и на липы, по листьям которых продолжали шлепать редкие капли дождя из бледного, просвечивающего синевой края тучи, которым захватило нас, то снова на нее, то на последние багряные лучи заходившего солнца, освежающего мокрые от дождя, густые старые березы, и снова на Вареньку, — я подумал, что она вовсе не дурна, как мне показалась сначала.

«А жалко, что я уже влюблен, — подумал я, — и что Варенька не Сонечка; как бы хорошо было вдруг сделаться членом этого семейства: вдруг бы у меня сделалась и мать, и тетка, и жена». В то же самое время, как я думал это, я пристально глядел на читавшую Вареньку и думал, что я ее магнетизирую и что она должна взглянуть на меня. Варенька подняла голову от книги, взглянула на меня и, встретившись с моими глазами, отвернулась.

— Однако дождик не перестает, — сказала она.

И вдруг я испытал странное чувство: мне вспомнилось, что именно все, что было теперь со мною, — повторение того, что было уже со мною один раз: что и тогда точно так же шел маленький дождик, и заходило солнце за березами, и я смотрел на *нее* , и она читала, и я магнетизировал ее, и она оглянулась, и даже я вспомнил, что это еще раз прежде было.

«Неужели она... *она* ? — подумал я. — Неужели начинается?» Но я скоро решил, что она не *она* и что еще не начинается. «Во-первых, она нехороша, — подумал я, — да и она просто барышня, и с ней я познакомился самым обыкновенным манером, а та будет необыкновенная, с той я встречусь где-нибудь в необыкновенном месте; и потом мне так нравится это семейство только потому, что еще я не видел ничего, — рассудил я, — а такие, верно, всегда бывают, и их еще очень много я встречу в жизни».

Глава XXVI.
Я ПОКАЗЫВАЮСЬ С САМОЙ ВЫГОДНОЙ СТОРОНЫ

Во время чая чтение прекратилось и дамы занялись разговором между собой о лицах и обстоятельствах мне незнакомых, как мне казалось, только для того, чтобы, несмотря на ласковый прием, все-таки дать мне почувствовать ту разницу, которая по годам и положению в свете была между мною и ими. В разговорах же общих, в которых я мог принимать участие, искупая свое предшествовавшее молчание, я старался выказать свой необыкновенный ум и оригинальность, к чему особенно я считал себя обязанным своим мундиром. Когда зашел разговор о дачах, я вдруг рассказал, что у князя Ивана Иваныча есть такая дача около Москвы, что на нее приезжали смотреть из Лондона и из Парижа, что там есть решетка, которая стоит триста восемьдесят тысяч, и что князь Иван Иваныч мне очень близкий родственник, и я нынче у него обедал, и он звал меня непременно приехать к нему на эту дачу жить с ним целое лето, но что я отказался, потому что знаю хорошо эту дачу, несколько раз бывал на ней, и что все эти решетки и мосты для меня незанимательны, потому что я терпеть не могу роскоши, особенно в деревне, а люблю чтоб в деревне уж было совсем как в деревне... Сказав эту страшную, сложную ложь, я сконфузился и покраснел, так что все, верно, заметили, что я лгу. Варенька, передававшая мне в это время чашку чая, и Софья Ивановна, смотревшая на меня в то время, как я говорил, обе отвернулись от меня и заговорили о другом, с выражением лица, которое потом я часто встречал у добрых людей, когда очень молодой человек начинает очевидно лгать им в глаза, и которое значит: «Ведь мы знаем, что он лжет, и зачем он это делает, бедняжка!..»

— Что я сказал, что у князя Ивана Иваныча есть дача, — это потому, что я не нашел лучшего предлога рассказать про свое родство с князем Иваном Иванычем и про то, что я нынче у него обедал; но для чего я рассказал про решетку, стоившую триста восемьдесят тысяч, и про то, что я так часто бывал у него, тогда как я ни разу не был и не могу быть князя Ивана Иваныча, жившего только в Москве или Неаполе, что очень хорошо знали Нехлюдовы, — для чего я это сказал, я решительно не могу дать себе отчета. Ни в детстве, ни в отрочестве, ни потом в более зрелом возрасте я не замечал за собой порока лжи; напротив, я скорее был слишком правдив и откровенен; но в эту первую эпоху юности на меня часто находило странное желание, без всякой видимой причины, лгать самым отчаянным образом. Я говорю именно «отчаянным образом», потому что я лгал в таких вещах, в которых очень легко было поймать меня. Мне кажется, что тщеславное желание выказать себя совсем другим человеком, чем есть, соединенное с несбыточною в жизни надеждой лгать, не быв уличенным в лжи, было главной причиной этой странной наклонности.

После чая, так как дождик прошел и погода на вечерней заре была тихая и ясная, княгиня предложила идти гулять в нижний сад и полюбоваться ее любимым местом. Следуя своему правилу быть всегда оригинальным и считая, что такие умные люди, как я и княгиня, должны стоять выше банальной учтивости, я отвечал, что терпеть не могу гулять без всякой цели, и ежели уж люблю гулять, то совершенно один. Я вовсе не сообразил, что это было просто грубо; но мне тогда казалось, что так же, как нет ничего стыднее пошлых комплиментов, так и нет ничего милее и оригинальнее некоторой невежливой откровенности. Однако, очень довольный своим ответом, я пошел-таки гулять вместе со всем обществом.

Любимое место княгини было совершенно внизу, в самой глуши сада, на маленьком мостике, перекинутом через узкое болотце. Вид был очень ограниченный, но очень задумчивый и грациозный. Мы так привыкли смешивать искусство с природою, что очень часто те явления природы, которые никогда не встречали в живописи, нам кажутся неестественными, как будто природа ненатуральна, и наоборот: те явления, которые слишком часто повторялись в живописи, кажутся нам избитыми, некоторые же виды, слишком проникнутые одной мыслью и чувством, встречающиеся нам в действительности, кажутся вычурными. Вид с любимого места княгини был в таком роде. Его составляли небольшой, заросший с краев прудик, сейчас же за ним крутая гора вверх, поросшая огромными старыми деревьями и кустами, часто перемешивающими свою разнообразную зелень, и перекинутая над прудом, у начала горы, старая береза, которая, держась частью своих толстых корней в влажном береге пруда, макушкой оперлась на высокую, стройную осину и повесила кудрявые ветви над гладкой поверхностью пруда, отражавшего в себе эти висящие ветки и окружавшую зелень.

— Что за прелесть! — сказала княгиня, покачивая головой и не обращаясь ни к кому в особенности.

— Да, чудесно, но только, мне кажется, ужасно похоже на декорацию, — сказал я, желая доказать, что я во всем имею свое собственное мнение.

Как будто не слыхав моего замечания, княгиня продолжала любоваться видом и, обращаясь к сестре и Любовь Сергеевне, указывала на частности: на кривой висевший сук и на его отражение, которые ей особенно нравились. Софья Ивановна говорила, что все это прекрасно и что сестра ее по нескольким часам проводит здесь, но видно было, что все это она говорила только для удовольствия княгини. Я замечал, что люди, одаренные способностью деятельной любви, редко бывают восприимчивы к красотам природы. Любовь Сергеевна восхищалась тоже, спрашивала, между прочим: «Чем эта береза держится? долго ли она простоит?» — и беспрестанно поглядывала на свою Сюзетку, которая, махая пушистым хвостом, взад и вперед бегала на своих кривых ножках по мостику с таким хлопотливым выражением, как будто ей в первый раз в жизни довелось быть не в комнате. Дмитрий завел с матерью очень логическое рассуждение о том, что никак не может быть прекрасен вид, в котором горизонт ограничен. Варенька ничего не говорила. Когда я оглянулся на нее, она, опершись на перила мостика, стояла ко мне в профиль и смотрела вперед. Что-то, верно, сильно занимало ее и даже трогало, потому что она, видимо, забылась и мысли не имела о себе и о том, что на нее смотрят. В выражении ее больших глаз было столько пристального внимания и спокойной, ясной мысли, в позе ее столько непринужденности и, несмотря на ее небольшой рост, даже величавости, что снова меня поразило как будто воспоминание о ней, и снова я спросил себя: «Не начинается ли?» И снова я ответил себе, что я уже влюблен в Сонечку, а что Варенька — просто барышня, сестра моего друга. Но она мне понравилась в эту минуту, и вследствие этого я почувствовал неопределенное желание сделать или сказать ей какую-нибудь небольшую неприятность.

— Знаешь что, Дмитрий, — сказал я моему другу, подходя ближе к Вареньке, так чтобы она могла слышать то, что я буду говорить, — я нахожу, что ежели бы не было комаров, и то ничего хорошего нет в этом месте, а уж теперь, — прибавил я, щелкнув себя по лбу и действительно раздавив комара, — это совсем плохо.

— Вы, кажется, не любите природы? — сказала мне Варенька, не поворачивая головы.

— Я нахожу, что это праздное, бесполезное занятие, — отвечал я, очень довольный тем, что я сказал-таки ей маленькую неприятность, и притом оригинальную. Варенька чуть-чуть подняла на мгновение брови с выражением сожаления и точно так же спокойно продолжала смотреть прямо.

Мне стало досадно на нее, но, несмотря на это, серенькие с полинявшей краской перильца мостика, на которые она оперлась, отражение в темном пруде опустившегося сука перекинутой березы, которое, казалось, хотело соединиться с висящими ветками, болотный запах, чувство на лбу раздавленного комара и ее внимательный взгляд и величавая поза — часто потом совершенно неожиданно являлись вдруг в моем воображении.

Глава XXVII.
ДМИТРИЙ

Когда после прогулки мы вернулись домой, Варенька не хотела петь, как она это обыкновенно делала по вечерам, и я был так самонадеян, что принял это на свой счет, воображая, что причиной тому было то, что я ей сказал на мостике. Нехлюдовы не ужинали и расходились рано, а в этот день, так как у Дмитрия, по предсказанию Софьи Ивановны, точно разболелись зубы, мы ушли в его комнату еще раньше обыкновенного. Полагая, что я исполнил все, что требовали от меня мой синий воротник и пуговицы, и что всем очень понравился, я находился в весьма приятном, самодовольном расположении духа; Дмитрий же, напротив, вследствие спора и зубной боли, был молчалив и мрачен. Он сел к столу, достал свои тетради — дневник и тетрадь, в которой он имел обыкновение каждый вечер записывать свои будущие и прошедшие занятия, и, беспрестанно морщась и дотрагиваясь рукой до щеки, довольно долго писал в них.

— Ах, оставьте меня в покое, — закричал он на горничную, которая от Софьи Ивановны пришла спросить его: как его зубы? и не хочет ли он сделать себе припарку? Вслед за тем, сказав, что постель мне сейчас постелят и что он сейчас вернется, он пошел к Любовь Сергеевне.

«Как жалко, что Варенька не хорошенькая и вообще не Сонечка, — мечтал я, оставшись один в комнате, — как бы хорошо было, выйдя из университета, приехать к ним и предложить ей руку. Я бы сказал: „Княжна, я уже не молод — не могу любить страстно, но буду постоянно любить вас, как милую сестру“. „Вас я уже уважаю, — я сказал бы матери, — а вас, Софья Ивановна, поверьте, что очень и очень ценю. Так скажите просто и прямо: хотите ли вы быть моей женой?“ — „Да“. И она подаст мне руку, я пожму ее и скажу: „Любовь моя не на словах, а на деле“. Ну, а что, — пришло мне в голову, — ежели бы вдруг Дмитрий влюбился в Любочку, — ведь Любочка влюблена в него, — и захотел бы жениться на ней? Тогда кому-нибудь из нас ведь нельзя бы было жениться. И это было бы отлично. Тогда бы я вот что сделал. Я бы сейчас заметил это, ничего бы не сказал, пришел бы к Дмитрию и сказал бы: „Напрасно, мой друг, мы стали бы скрываться друг от друга: ты знаешь, что любовь к твоей сестре кончится только с моею жизнию; но я все знаю, ты лишил меня лучшей надежды, ты сделал меня несчастным; но знаешь, как Николай Иртеньев отплачивает за несчастие всей своей жизни? Вот тебе моя сестра“, — и подал бы ему руку Любочки. Он бы сказал: „Нет, ни за что!..“, а я сказал бы: „Князь

Нехлюдов! напрасно вы хотите быть великодушнее Николая Иртеньева. Нет в мире человека великодушнее его". Поклонился бы и вышел. Дмитрий и Любочка в слезах выбежали бы за мною и умоляли бы, чтобы я принял их жертву. И я бы мог согласиться и мог бы быть очень, очень счастлив, ежели бы только я был влюблен в Вареньку...» Мечты эти были так приятны, что мне очень хотелось сообщить их моему другу, но, несмотря на наш обет взаимной откровенности, я чувствовал почему-то, что нет физической возможности сказать этого.

Дмитрий вернулся от Любовь Сергеевны с каплями на зубу, которые она дала ему, еще более страдающий и, вследствие этого, еще более мрачный. Постель мне была еще не постлана, и мальчик, слуга Дмитрия, пришел спросить его, где я буду спать.

— Убирайся к черту! — крикнул Дмитрий, топнув ногой. — Васька! Васька! Васька! — закричал он, только что мальчик вышел, с каждым разом возвышая голос. — Васька! стели мне на полу.

— Нет, лучше я лягу на полу, — сказал я.

— Ну, все равно, стели где-нибудь, — тем же сердитым тоном продолжал Дмитрий. — Васька! что ж ты не стелешь?

Но Васька, видимо, не понимал, чего от него требовали, и стоял не двигаясь.

— Ну, что ж ты? стели, стели! Васька! Васька! — закричал Дмитрий, входя вдруг в какое-то бешенство.

Но Васька, все еще не понимая и оробев, не шевелился.

— Так ты поклялся меня погуб... взбесить?

И Дмитрий, вскочив со стула и подбежав к мальчику, из всех сил несколько раз ударил по голове кулаком Ваську, который стремглав убежал из комнаты. Остановившись у двери, Дмитрий оглянулся на меня, и выражение бешенства и жестокости, которое за секунду было на его лице, заменилось таким кротким, пристыженным и любящим детским выражением, что мне стало жалко его, и, как ни хотелось отвернуться, я не решился этого сделать. Он ничего не сказал мне, но долго молча ходил по комнате, изредка поглядывая на меня с тем же просящим прощения выражением, потом достал из стола тетрадь, записал что-то в нее, снял сюртук, тщательно сложил его, подошел к углу, где висел образ, сложил на груди свои большие белые руки и стал молиться.

Он молился так долго, что Васька успел принести тюфяк и постлать на полу, что я ему объяснил шепотом. Я разделся и лег на постланную на полу постель, а Дмитрий еще все продолжал молиться. Глядя на немного сутуловатую спину Дмитрия и его подошвы, которые как-то покорно выставлялись передо мной, когда он клал земные поклоны, и я еще сильнее любил Дмитрия, чем прежде, и думал все о том: «Сказать или не сказать ему то, что я мечтал об наших сестрах?» Окончив молитву Дмитрий лег ко мне на постель и, облокотясь на руку, долго, молча, ласковым и пристыженным взглядом смотрел на меня. Ему, видимо, было тяжело это, но он как будто наказывал себя. Я улыбнулся, глядя на него. Он улыбнулся тоже.

— А отчего ж ты мне не скажешь, — сказал он, — что я гадко поступил? ведь ты об этом сейчас думал?

— Да, — отвечал я, хотя и думал о другом, но мне показалось, что действительно я об этом думал, — да, это очень нехорошо, я даже и не ожидал от тебя этого, — сказал я, чувствуя в эту минуту особенное удовольствие в том, что я говорил ему *ты*. — Ну, что зубы твои? — прибавил я.

— Прошли. Ах, Николенька, мой друг! — заговорил Дмитрий так ласково, что слезы, казалось, стояли в его блестящих глазах, — я знаю и чувствую, как я дурен, и Бог видит, как я желаю и прошу его, чтоб он сделал меня лучше; но что ж мне делать, ежели у меня такой несчастный, отвратительный характер? что же мне делать? Я стараюсь удерживаться, исправляться, но ведь это невозможно вдруг и невозможно одному. Надо, чтобы кто-нибудь поддерживал, помогал мне. Вот Любовь Сергеевна — она понимает меня и много помогла мне в этом. Я знаю по своим запискам, что я в продолжение года уж много исправился. Ах, Николенька, душа моя! — продолжал он с особенной непривычной нежностью и уж более спокойным тоном после этого признания, — как это много значит влияние такой женщины, как она! Боже мой, как может быть хорошо, когда я буду самостоятелен с таким другом, как она! Я с ней совершенно другой человек.

И вслед за этим Дмитрий начал развивать мне свои планы женитьбы, деревенской жизни и постоянной работы над самим собою.

— Я буду жить в деревне, ты приедешь ко мне, может

быть, и ты будешь женат на Сонечке, — говорил он, — дети наши будут играть. Ведь все это кажется смешно и глупо, а может ведь случиться.

— Еще бы! и очень может, — сказал я, улыбаясь и думая в это время о том, что было бы еще лучше, ежели бы я женился на его сестре.

— Знаешь, что я тебе скажу? — сказал он мне, помолчав немного, — ведь ты только воображаешь, что ты влюблен в Сонечку, а, как я вижу, — это пустяки, и ты еще не знаешь, что такое настоящее чувство.

Я не возражал, потому что почти соглашался с ним. Мы помолчали немного.

— Ты заметил, верно, что я нынче опять был в гадком духе и нехорошо спорил с Варей. Мне потом ужасно неприятно было, особенно потому, что это было при тебе. Хоть она о многом думает не так, как следует, но она славная девочка, очень хорошая, вот ты ее покороче узнаешь.

Его переход в разговоре от того, что я не влюблен, к похвалам своей сестре чрезвычайно обрадовал меня и заставил покраснеть, но я все-таки ничего не сказал ему о его сестре, и мы продолжали говорить о другом.

Так мы проболтали до вторых петухов, и бледная заря уже глядела в окно, когда Дмитрий перешел на свою постель и потушил свечку.

— Ну, теперь спать, — сказал он.

— Да, — отвечал я, — только одно слово.

— Ну.

— Отлично жить на свете? — сказал я.

— Отлично жить на свете, — отвечал он таким голосом, что я в темноте, казалось, видел выражение его веселых, ласкающихся глаз и детской улыбки.

Глава XXVIII.
В ДЕРЕВНЕ

На другой день мы с Володей на почтовых уехали в деревню. Дорогой, перебирая в голове разные московские воспоминания, я вспомнил про Сонечку Валахину, но и то вечером, когда мы уже отъехали пять станций. «Однако странно, — подумал я, — что я влюблен и вовсе забыл об этом; надо думать об ней». И я стал думать об ней так, как думается дорогой, — несвязно, но живо, и додумался до того, что, приехав в деревню, два дня почему-то считал необходимым казаться грустным и задумчивым перед всеми домашними, и особенно перед Катенькой, которую считал большим знатоком в делах этого рода и которой я намекнул кое-что о состоянии, в котором находилось мое сердце. Но, несмотря на все старание притворства перед другими и самим собой, несмотря на умышленное усвоение всех признаков, которые я замечал в других в влюбленном состоянии, я только в продолжение двух дней, и то не постоянно, а преимущественно по вечерам, — вспоминал, что я влюблен, и, наконец, как скоро вошел в новую колею деревенской жизни и занятий, совсем забыл о своей любви к Сонечке.

Мы проехали в Петровское ночью, а я спал так крепко, что не видал ни дома, ни березовой аллеи и никого из домашних, которые уже все разошлись и давно спали. Сгорбленный старик Фока, босиком, в какой-то жениной ваточной кофточке, с свечой в руках, отложил нам крючок двери. Увидав нас, он затрясся от радости, расцеловал нас в плечи, торопливо убрал свой войлок и стал одеваться. Сени и лестницу я прошел, еще не проснувшись хорошенько, но в передней замок двери, задвижка, косая половица, ларь, старый подсвечник, закапанный салом по-старому, тени от кривой, холодной, только что зажженной светильни сальной свечи, всегда пыльное, не выставлявшееся двойное окно, за которым, как я помнил, росла рябина, — все это так было знакомо, так полно воспоминаниями, так дружно между собой, как будто соединено одной мыслью, что я вдруг почувствовал на себе ласку этого милого старого дома. Мне невольно представился вопрос: как могли мы, я и дом, быть так долго друг без друга? — и, торопясь куда-то, я побежал смотреть, все те же ли другие комнаты? Все было то же, только все сделалось меньше, ниже, а я как будто сделался выше, тяжелее и грубее; но и таким, каким я был, дом радостно принимал меня в свои объятия и каждой половицей, каждым окном, каждой ступенькой лестницы, каждым звуков пробуждал во мне тьмы образов, чувств, событий невозвратимого счастливого прошедшего. Мы пришли в нашу детскую спальню: все детские ужасы снова те же таились во мраке углов и дверей; прошли гостиную — та же тихая, нежная материнская любовь была разлита по всем предметам, стоявшим в комнате; прошли залу — шумливое, беспечное детское веселье, казалось, остановилось в этой комнате и ждало только того, чтобы снова оживили его. В диванной, куда нас провел Фока и где он постлал нам постели, казалось, все — зеркало, ширмы, старый деревянный образ, каждая неровность стены, оклеенной белой бумагой, — все говорило про страдания, про смерть, про то, чего уже больше никогда не будет.

Мы улеглись, и Фока, пожелав спокойной ночи, оставил нас.

— А ведь в этой комнате умерла maman? — сказал Володя.

Я не отвечал ему и притворился спящим. Если бы я сказал что-нибудь, я бы заплакал. Когда я проснулся на другой день утром, папа, еще не одетый, в торжковских сапожках и халате, с сигарой в зубах, сидел на постели у Володи и разговаривал и смеялся с ним. Он с веселым подергиваньем вскочил от Володи, подошел ко мне и, шлепнув меня своей большой рукой по спине, подставил мне щеку и прижал ее к моим губам.

— Ну, отлично, спасибо, дипломат, — говорил он с своей особенно шутливой лаской, вглядываясь в меня своими маленькими блестящими глазками. — Володя говорит, что хорошо выдержал, молодцом, — ну и славно. Ты, коли захочешь не дурить, ты у меня тоже славный малый. Спасибо, дружок. Теперь мы тут заживем славно, а зимой, может, в Петербург переедем; только, жалко, охота кончилась, а то бы я вас потешил; ну, с ружьем можешь охотиться, Вольдемар? дичи пропасть, я, пожалуй, сам пойду с тобой когда-нибудь. Ну, а зимой, Бог даст, в Петербург переедем, увидите людей, связи сделаете; вы теперь у меня ребята большие, вот я сейчас Вольдемару говорил: вы теперь стоите на дороге, и мое дело кончено, можете идти сами, а со мной, коли хотите советоваться, советуйтесь, я теперь ваш не дядька, а друг, по крайней мере хочу быть другом и товарищем и советчиком, где могу, и больше ничего. Как это по твоей философии выходит, Коко? А? Хорошо или дурно? а?

Я, разумеется, сказал, что отлично, и действительно находил это таковым. Папа в этот день имел какое-то особенно привлекательное, веселое, счастливое выражение, и эти новые отношения со мной, как с равным, как с товарищем, еще более заставляли меня любить его.

— Ну, рассказывай же мне, был ты у всех родных? у Ивиных? видел старика? что он тебе сказал? — продолжал он расспрашивать меня. — Был у князя Ивана Иваныча?

И мы так долго разговаривали, не одеваясь, что солнце уже начинало уходить из окон диванной, и Яков (который все точно так же был стар, все так же вертел пальцами за спиной и говорил *опять-таки*) пришел в нашу комнату и доложил папа, что колясочка готова.

— Куда ты едешь? — спросил я папа.

— Ах, я и забыл было, — сказал папа с досадливым подергиваньем и покашливаньем, — я к Епифановым обещал ехать нынче. Помнишь Епифанову, la belle Flamande? еще езжала к вашей maman. Они славные люди. — И папа, как мне показалось, застенчиво подергивая плечом, вышел из комнаты.

Любочка во время нашей болтовни уже несколько раз подходила к двери и все спрашивала: «Можно ли войти к нам?», но всякий раз папа кричал ей через дверь, что «никак нельзя, потому что мы не одеты».

— Что за беда! ведь я видала тебя в халате?

— Нельзя тебе видеть братьев без *невыразимых* . — кричал он ей, — а вот каждый из них постучит тебе в дверь, довольно с тебя? Постучите. А даже и говорить с тобой в таком неглиже им неприлично.

— Ах, какие вы несносные! Так приходите по крайней мере скорей в гостиную, Мими так хочет вас видеть, — кричала из-за двери Любочка.

Как только папа ушел, я живо оделся в студенческий сюртук и пришел в гостиную; Володя же, напротив, не торопился и долго просидел на верху, разговаривая с Яковом о том, где водятся дупеля и бекасы. Он, как я уже говорил, ничего в мире так не боялся, как нежностей с братцем, папашей или сестрицей, как он выражался, и, избегая всякого выражения чувства, впадал в другую крайность — холодности, часто больно оскорблявшую людей, не понимавших причин ее. В передней я столкнулся с папа, который мелкими, скорыми шажками шел садиться в экипаж. Он был в своем новом модном московском сюртуке, и от него пахло духами. Увидав меня, он весело кивнул мне головой, как будто говоря: «Видишь, славно?» — и снова меня поразило то счастливое выражение его глаз, которое я еще утром заметил.

Гостиная была все та же, светлая, высокая комната с желтеньким английским роялем и с большими открытыми окнами, в которые весело смотрели зеленые деревья и желтые, красноватые дорожки сада. Расцаловавшись с Мими и Любочкой и подходя к Катеньке, мне вдруг пришло в голову, что уже неприлично цаловаться с ней, и я, молча и краснея, остановился. Катенька, не сконфузившись нисколько, протянула мне свою беленькую ручку и поздравила с вступлением в университет. Когда Володя пришел в гостиную, с ним, при свидании с Катенькой, случилось то же самое. Действительно, трудно было решить, после того как мы вместе выросли и в продолжение всего этого времени виделись каждый день, как теперь, после первой разлуки, нам должно было встречаться. Катенька гораздо больше покраснела, чем мы все; Володя нисколько не смутился и, слегка поклонившись ей, отошел к Любочке, с которой тоже поговорив немного и то несерьезно, пошел, один гулять куда-то.

Глава XXIX.
ОТНОШЕНИЯ МЕЖДУ НАМИ И ДЕВОЧКАМИ

Володя имел такой странный взгляд на девочек, что его могло занимать: сыты ли они, выспались ли, прилично ли одеты, не делают ли ошибок по-французски, за которые, бы ему было стыдно перед посторонними, — но он не допускал мысли, чтобы они могли думать или чувствовать что-нибудь человеческое, и еще меньше допускал возможность рассуждать с ними о чем-нибудь. Когда им случалось обращаться к нему с каким-нибудь серьезным вопросом (чего они, впрочем, уже старались избегать), если они спрашивали его мнения про какой-нибудь роман или про его занятия в университете, он делал им гримасу и молча уходил или отвечал какой-нибудь исковерканной французской фразой: *ком си три жоли* и т. п., или, сделав серьезное, умышленно глупое лицо, говорил какое-нибудь слово, не имеющее никакого смысла и отношения с вопросом, произносил, вдруг сделав мутные глаза, слова: *булку* или *поехали*, или *капусту*, или что-нибудь в этом роде. Когда случалось, что я повторял ему слова, сказанные мне Любочкой или Катенькой, он всегда говорил мне:

— Гм! Так ты еще рассуждаешь с ними? Нет, ты, я вижу, еще плох.

И надо было слышать и видеть его в это время, чтобы оценить то глубокое, неизменное презрение, которое выражалось в этой фразе. Володя уже два года был большой; влюблялся беспрестанно во всех хорошеньких женщин, которых встречал; но, несмотря на то, что каждый день виделся с Катенькой, которая тоже уже два года как носила длинное платье и с каждым днем хорошела, ему и в голову не приходила мысль о возможности влюбиться в нее. Происходило ли это оттого, что прозаические воспоминания детства — линейка, простыня, капризничанье — были еще слишком свежи в памяти, или от отвращения, которое имеют очень молодые люди ко всему домашнему, или от общей людской слабости, встречая на первом пути хорошее и прекрасное, обходить его, говоря себе: «Э! еще такого я много встречу в жизни», — но только Володя еще до сих пор не смотрел на Катеньку, как на женщину.

Володя все это лето, видимо, очень скучал; скука его происходила от презрения к нам, которое, как я говорил, он и не старался скрывать. Постоянное выражение его лица говорило: «Фу! скука какая, и поговорить не с кем!» Бывало, с утра он или один уйдет с ружьем на охоту, или в своей комнате, не одеваясь до обеда, читает книгу. Ежели папа не было дома, он даже к обеду приходил с книгой, продолжая читать ее и не разговаривая ни с кем из нас, отчего мы все чувствовали себя перед ним как будто виноватыми. Вечером тоже он ложился с ногами на диван в гостиной, спал, облокотившись на руку, или врал с серьезнейшим лицом страшную бессмыслицу, иногда и не совсем приличную, от которой Мими злилась и краснела пятнами, а мы помирали со смеху; но никогда ни с кем из нашего семейства, кроме с папа и изредка со мною, он не удостаивал говорить серьезно. Я совершенно невольно в взгляде на девочек подражал брату, несмотря на то, что не боялся нежностей так, как он, и презрение мое к девочкам еще далеко не было так твердо и глубоко. Я даже в это лето пробовал несколько раз от скуки сблизиться и беседовать с Любочкой и Катенькой, но всякий раз встречал в них такое отсутствие способности логического мышления и такое незнание самых простых, обыкновенных вещей, как, например, что такое деньги, чему учатся в университете, что такое война и т. п., и такое равнодушие к объяснению всех этих вещей, что эти попытки только больше подтверждали мое о них невыгодное мнение.

Помню, раз вечером Любочка в сотый раз твердила на фортепьяно какой-то невыносимо надоевший пассаж, Володя лежал в гостиной, дремля на диване, и изредка, с некоторой злобной иронией, не обращаясь ни к кому в особенности, бормотал: «Ай да валяет... музыкантша... *Битховен!* .. (это имя он произносил с особенной иронией), лихо... ну еще раз... вот так», и т. п. Катенька и я оставались за чайным столом, и не помню, как Катенька навела разговор о своем любимом предмете — любви. Я был в расположении духа пофилософствовать и начал свысока определять любовь желанием приобрести в другом то, чего сам не имеешь, и т. д. Но Катенька отвечала мне, что, напротив, это уже не любовь, коли девушка думает выйти замуж за богача, и что, по ее мнению, состояние самая пустая вещь, а что истинная любовь только та, которая может выдержать разлуку (это, я понял, она намекала на свою любовь к Дубкову). Володя, который, верно, слышал наш разговор, вдруг приподнялся на локте и вопросительно прокричал: — *Катенька! Русских?*

— Вечно вздор! — сказала Катенька.

— *В перешницу?* — продолжал Володя, ударяя на каждую гласную. И я не мог не подумать, что Володя был совершенно прав.

Отдельно от общих, более или менее развитых в лицах способностей ума, чувствительности, художнического чувства, существует частная, более или менее развитая в различных кружках общества и особенно в семействах, способность, которую я назову *пониманием* . Сущность этой способности состоит в условленном чувстве меры и в условленном одностороннем взгляде на предметы. Два человека одного кружка или одного семейства, имеющие эту способность, всегда до одной и той же точки допускают выражение чувства, далее которой они оба вместе уже видят фразу; в одну и ту же минуту они видят, где кончается похвала и начинается ирония, где кончается увлечение и начинается притворство, — что для людей с другим пониманием может казаться совершенно иначе. Для людей с одним пониманием каждый предмет одинаково для обоих бросается в глаза преимущественно своей смешной, или красивой, или грязной стороной. Для облегчения этого одинакового понимания между людьми одного кружка или семейства устанавливается свой язык, свои обороты речи, даже — слова, определяющие те оттенки понятий, которые для других не существуют. В нашем семействе между папа и нами, братьями, понимание это было развито в высшей степени. Дубков тоже как-то хорошо пришелся к нашему кружку и *понимал*, но Дмитрий, несмотря на то, что был гораздо умнее его, был туп на это. Но ни с кем, как с Володей, с которым мы развивались в одинаковых условиях, не довели мы этой способности до такой тонкости. Уже и папа давно отстал от нас, и многое, что для нас было так же ясно, как дважды два, было ему непонятно. Например, у нас с Володей установились, Бог знает как, следующие слова с соответствующими понятиями: *изюм* означало тщеславное желание показать, что у меня есть деньги, *шишка* (причем надо было соединить пальцы и сделать особенное ударение на оба *ш*) означало что-то свежее, здоровое, изящное, но не щегольское; существительное, употребленное во множественном числе, означало несправедливое пристрастие к этому предмету и т. д., и т. д. Но, впрочем, значение зависело больше от выражения лица, от общего смысла разговора, так что, какое бы новое выражение для нового оттенка ни придумал один из нас, другой по одному намеку уже понимал его точно так же. Девочки не имели нашего понимания, и это-то было главною причиною нашего морального разъединения и презрения, которое мы к ним чувствовали.

Может быть, у них было свое *понимание*, но оно до того не сходилось с нашим, что там, где мы уже видели фразу, они видели чувство, наша ирония была для них правдой, и т. д. Но тогда я не понимал того, что они не виноваты в этом отношении и что это отсутствие понимания не мешает им быть и хорошенькими и умными девочками, а я презирал их. Притом, раз напав на мысль об откровенности, доведя приложение этой мысли до крайности в себе, я обвинял в скрытности и притворстве спокойную, доверчивую натуру Любочки, не видевшей никакой необходимости в выкапывании и рассматривании всех своих мыслей и душевных влечений. Например, то, что Любочка каждый день на ночь крестила папа, то, что она и Катенька плакали в часовне, когда ездили служить панихиду по матушке, то, что Катенька вздыхала и закатывала глаза, играя на фортепьянах, — все это мне казалось чрезвычайным притворством, и я спрашивал себя: когда они выучились так притворяться, как большие, и как это им не совестно?

Глава XXX.
МОИ ЗАНЯТИЯ

Несмотря на это, я в нынешнее лето больше, чем в другие года, сблизился с нашими барышнями по случаю явившейся во мне страсти к музыке. Весной к нам в деревню приезжал рекомендоваться один сосед, молодой человек, который, как только вошел в гостиную, все смотрел на фортепьяно и незаметно подвигал к нему стул, разговаривая, между прочим, с Мими и Катенькой. Поговорив о погоде и приятностях деревенской жизни, он искусно навел разговор на настройщика, на музыку, на фортепьяно и, наконец, объявил, что он играет, и очень скоро сыграл три вальса, причем Любочка, Мими и Катенька стояли около фортепьян и смотрели на него. Молодой человек этот после ни разу не был у нас, но мне очень нравилась его игра, поза за фортепьянами, встряхиванье волосами и особенно манера брать октавы левой рукой, быстро расправляя мизинец и большой палец на ширину октавы и потом медленно сводя их и снова быстро расправляя. Этот грациозный жест, небрежная поза, встряхиванье волосами и внимание, которое оказали наши дамы его таланту, дали мне мысль играть на фортепьяно. Вследствие этой мысли, убедившись, что я имею талант и страсть к музыке, я принялся учиться. В этом отношении я действовал так же, как миллионы мужеского и особенно женского пола учащихся без хорошего учителя, без истинного призвания и без малейшего понятия о том, что может дать искусство и как нужно приняться за него, чтобы оно дало что-нибудь. Для меня музыка, или скорее игра на фортепьяно, была средство прельщать девиц своими чувствами. С помощью Катеньки, выучившись нотам и выломав немного свои толстые пальцы, на что я, впрочем, употребил месяца два такого усердия, что даже за обедом на коленке и в постели на подушке я работал непокорным безымянным пальцем, я тотчас же принялся играть *пьесы* , и играл их, разумеется, с душой, avec âme, в чем соглашалась и Катенька, но совершенно без такта.

Выбор пьес был известный — вальсы, галопы, романсы (arrangés) и т. п., — все тех милых композиторов, которых всякий человек с немного здравым вкусом отберет вам в нотном магазине небольшую кипу из кучи прекрасных вещей и скажет: «Вот чего не надо играть, потому что хуже, безвкуснее и бессмысленнее этого никогда ничего не было писано на нотной бумаге», и которых, должно быть именно поэтому вы найдете на фортепьянах у каждой русской барышни. Правда, у нас были и несчастные, навеки изуродованные барышнями «Sonate Pathétique»[1] и Cis-moll-ная сонаты Бетховена, которые, в воспоминание maman, играла Любочка, и еще другие хорошие вещи, которые ей задал ее московский учитель, но были и сочинения — этого учителя, нелепейшие марши и галопы, которые тоже играла Любочка. Мы же с Катенькой не любили серьезных вещей, а предпочитали всему «Le Fou»[2] и «Соловья», которого Катенька играла так, что пальцев не было видно, и я уже начинал играть довольно громко и слитно. Я усвоил себе жест молодого человека и часто жалел о том, что некому из посторонних посмотреть, как я играю. Но скоро Лист и Калькбренер показались мне не по силам, и я увидел невозможность догнать Катеньку. Вследствие этого, вообразив себе, что классическая музыка легче, и отчасти для оригинальности, я решил вдруг, что я люблю ученую немецкую музыку, стал приходить в восторг, когда Любочка играла «Sonate Pathétique», несмотря на то, что, по правде сказать, эта соната давно уже опротивела мне до крайности, сам стал играть Бетховена и выговаривать *Бееетховен* . Сквозь всю эту путаницу и притворство, как я теперь вспоминаю, во мне, однако, было что-то вроде таланта, потому что часто музыка делала на меня до слез сильное впечатление, и те вещи, которые мне нравились, я кое-как умел сам без нот отыскивать на фортепьяно; так что, ежели бы тогда кто-нибудь научил меня смотреть на музыку, как на цель, как на самостоятельное наслаждение, а не на средство прельщать девиц быстротой и чувствительностью своей

---

1 «Патетическая соната»

2 Безумца

игры, может быть я бы сделался действительно порядочным музыкантом.

Чтение французских романов, которых много привез с собой Володя, было другим моим занятием в это лето. В то время только начинали появляться Монтекристы и разные «Тайны», и я зачитывался романами Сю, Дюма и Поль де Кока. Все самые неестественные лица и события были для меня так же живы, как действительность, я не только не смел заподозрить автора во лжи, но сам автор не существовал для меня, а сами собой являлись передо мной, из печатной книги, живые, действительные люди и события. Ежели я нигде не встречал лиц, похожих на те, про которых я читал, то я ни секунды не сомневался в том, что они *будут* .

Я находил в себе все описываемые страсти и сходство со всеми характерами, и с героями, и с злодеями каждого романа, как мнительный человек находит в себе признаки всех возможных болезней, читая медицинскую книгу. Нравились мне в этих романах и хитрые мысли, и пылкие чувства, и волшебные события, и цельные характеры: добрый, так уж совсем добрый; злой, так уж совсем злой, — именно так, как я воображал себе людей в первой молодости; нравилось очень, очень много и то, что все это было по-французски и что те благородные слова, которые говорили благородные герои, я мог запомнить, упомянуть при случае в благородном деле. Сколько я с помощью романов придумал различных французских фраз для Колпикова, ежели бы я когда-нибудь с ним встретился, и для *нее* , когда я ее, наконец, встречу и буду открываться ей в любви! Я приготовил им сказать *такое* , что они погибли бы, услышав меня. На основании романов у меня даже составились новые идеалы нравственных достоинств, которых я желал достигнуть. Прежде всего я желал быть во всех своих делах и поступках «noble» (я говорю noble, а не благородный, потому что французское слово имеет другое значение, что поняли немцы, приняв слово nobel и не смешивая с ним понятия ehrlich), потом быть *страстным* и, наконец, к чему у меня и прежде была наклонность, быть как можно более comme il faut. Я даже наружностью и привычками старался быть похожим на героев, имевших какое-нибудь из этих достоинств. Помню, что в одном из прочитанных мною в это лето сотни романов был один чрезвычайно страстный герой с густыми бровями, и мне так захотелось быть похожим на него наружностью (морально я чувствовал себя точно таким, как он), что я, рассматривая свои брови перед зеркалом, вздумал простричь их слегка, чтоб они выросли гуще, но раз, начав стричь, случилось так, что я выстриг в одном месте больше, — надо было подравнивать, и кончилось тем, что я, к ужасу своему, увидел себя в зеркало безбровым и вследствие этого очень некрасивым. Однако, надеясь, что скоро у меня вырастут густые брови, как у страстного человека, я утешился и только беспокоился о том, что сказать всем нашим, когда они увидят меня безбровым. Я достал пороху у Володи, натер им брови и поджег. Хотя порох не вспыхнул, я был достаточно похож на опаленного, никто не узнал моей хитрости, и действительно у меня, когда я уже забыл про страстного человека, выросли брови гораздо гуще.

Глава XXXI.
COMME IL FAUT

Уже несколько раз в продолжение этого рассказа я намекал на понятие, соответствующее этому французскому заглавию, и теперь чувствую необходимость посвятить целую главу этому понятию, которое в моей жизни было одним из самых пагубных, ложных понятий, привитых мне воспитанием и обществом.

Род человеческий можно разделять на множество отделов — на богатых и бедных, на добрых и злых, на военных и статских, на умных и глупых и т. д., и т. д., но у каждого человека есть непременно свое любимое главное подразделение, под которое он бессознательно подводит каждое новое лицо. Мое любимое и главное подразделение людей в то время, о котором я пишу, было на людей comme il faut и на comme il ne faut pas[1]. Второй род подразделялся еще на людей собственно не comme il faut и простой народ. Людей comme il faut я уважал и считал достойными иметь со мной равные отношения; вторых — притворялся, что презираю, но в сущности ненавидел их, питая к ним какое-то оскорбленное чувство личности; третьи для меня не существовали — я их презирал совершенно. *Мое* comme il faut состояло, первое и главное, в отличном французском языке и особенно в

---

1 на порядочных и непорядочных

выговоре. Человек, дурно выговаривавший по-французски, тотчас же возбуждал во мне чувство ненависти. «Для чего же ты хочешь говорить, как мы, когда не умеешь?» — с ядовитой насмешкой спрашивал я его мысленно. Второе условие comme il faut были ногти — длинные, отчищенные и чистые; третье было уменье кланяться, танцевать и разговаривать; четвертое, и очень важное, было равнодушие ко всему и постоянное выражение некоторой изящной, презрительной скуки. Кроме того, у меня были общие признаки, по которым я, не говоря с человеком, решал, к какому разряду он принадлежит. Главным из этих признаков, кроме убранства комнаты, печатки, почерка, экипажа, были ноги. Отношение сапог к панталонам тотчас решало в моих глазах положение человека. Сапоги без каблука с угловатым носком и концы панталон узкие, без штрипок, — это был *простой* : сапог с узким круглым носком и каблуком и панталоны узкие внизу, со штрипками, облегающие ногу, или широкие, со штрипками, как балдахин стоящие над носком, — это был человек mauvais genre[1], и т. п.

Странно то, что ко мне, который имел положительную неспособность к comme il faut, до такой степени привилось это понятие. А может быть, именно оно так сильно вросло в меня оттого, что мне стоило огромного труда, чтобы приобрести это comme il faut. Страшно вспомнить, сколько бесценного, лучшего в жизни шестнадцатилетнего времени я потратил на приобретение этого качества. Всем, кому я подражал, — Володе, Дубкову и большей части моих знакомых, — все это, казалось, доставалось легко. Я с завистью смотрел на них и втихомолку работал над французским языком, над наукой кланяться, не глядя на того, кому кланяешься, над разговором, танцеваньем, над вырабатываньем в себе ко всему равнодушия и скуки, над ногтями, на которых я резал себе мясо ножницами, — и все-таки чувствовал, что мне еще много оставалось труда для достижения цели. А комнату, письменный стол, экипаж — все это я никак не умел устроить так, чтоб было comme il faut, хотя усиливался, несмотря на отвращение к практическим делам, заниматься этим. У других же без всякого, казалось, труда все шло отлично, как будто не могло быть иначе. Помню раз, после усиленного и тщетного труда над ногтями, я

---

1 дурного вкуса

спросил у Дубкова, у которого ногти были удивительно хороши, давно ли они у него такие и как он это сделал? Дубков мне отвечал: «С тех пор, как себя помню, никогда ничего не делал, чтобы они были такие, я не понимаю, как могут быть другие ногти у порядочного человека». Этот ответ сильно огорчил меня. Я тогда еще не знал, что одним из главных условий comme il faut была скрытность в отношении тех трудов, которыми достигается comme il faut. Comme il faut было для меня не только важной заслугой, прекрасным качеством, совершенством, которого я желал достигнуть, но это было необходимое условие жизни, без которого не могло быть ни счастия, ни славы, ничего хорошего на свете. Я не уважал бы ни знаменитого артиста, ни ученого, ни благодетеля рода человеческого, если бы он не был comme il faut. Человек comme il faut стоял выше и вне сравнения с ними; он предоставлял им писать картины, ноты, книги, делать добро, — он даже хвалил их за это: отчего же не похвалить хорошего, в ком бы оно ни было, — но он не мог становиться с ними под один уровень, он был comme il faut, а они нет, — и довольно. Мне кажется даже, что, ежели бы у нас был брат, мать или отец, которые бы не были comme il faut, я бы сказал, что это несчастие, но что уж между мной и ими не может быть ничего общего. Но ни потеря золотого времени, употребленного на постоянную заботу о соблюдении всех трудных для меня условий comme il faut, исключающих всякое серьезное увлечение, ни ненависть и презрение к девяти десятым рода человеческого, ни отсутствие внимания ко всему прекрасному, совершающемуся вне кружка comme il faut, — все это еще было не главное зло, которое мне причинило это понятие. Главное зло состояло в том убеждении, что comme il faut есть самостоятельное положение в обществе, что человеку не нужно стараться быть ни чиновником, ни каретником, ни солдатом, ни ученым, когда он comme il faut; что, достигнув этого положения, он уж исполняет свое назначение и даже становится выше большей части людей.

В известную пору молодости, после многих ошибок и увлечений, каждый человек обыкновенно становится в необходимость деятельного участия в общественной жизни, избирает какую-нибудь отрасль труда и посвящает себя ей; но с человеком comme il faut это редко случается. Я знал и знаю очень, очень много людей старых, гордых, самоуверенных, резких в суждениях, которые на вопрос, если такой задастся им на том свете: «Кто ты такой? и что там делал?» — не будут в состоянии ответить иначе как: «Je fus un homme très comme il faut»[1].

Эта участь ожидала меня.

Глава XXXII.
ЮНОСТЬ

Несмотря на происходившую у меня в голове путаницу понятий, я в это лето был юн, невинен, свободен и поэтому почти счастлив.

Иногда, и довольно часто, я вставал рано. (Я спал на открытом воздухе, на террасе, и яркие косые лучи утреннего солнца будили меня.) Я живо одевался, брал под мышку полотенце и книгу французского романа и шел купаться в реке в тени бережника, который был в полверсте от дома. Там я ложился в тени на траве и читал, изредка отрывая глаза от книги, чтобы взглянуть на лиловатую в тени поверхность реки, начинающую колыхаться от утреннего ветра, на поле желтеющей ржи на том берегу, на светло-красный утренний свет лучей, ниже и ниже окрашивающий белые стволы берез, которые, прячась одна за другую, уходили от меня в даль чистого леса, и наслаждался сознанием в себе точно такой же свежей, молодой силы жизни, какой везде кругом меня дышала природа. Когда на небе были утренние серые тучки и я озябал после купанья, я часто без дороги отправлялся ходить по полям и лесам, с наслаждением сквозь сапоги промачивая ноги по свежей росе. В это время я живо мечтал о героях последнего прочитанного романа и воображал себя то полководцем, то министром, то силачом необыкновенным, то страстным человеком и с некоторым трепетом оглядывался беспрестанно кругом, в надежде вдруг встретить где-нибудь *ее* на полянке или за деревом. Когда в таких прогулках я встречал крестьян и крестьянок на работах, несмотря на то, что *простой народ* не существовал для меня, я всегда испытывал бессознательное сильное смущение и старался, чтоб они меня не видели. Когда уже становилось жарко, но дамы наши еще не выходили к чаю, я часто ходил в огород

---

1 Я был очень порядочным человеком

или сад есть все те овощи и фрукты, которые поспевали. И это занятие доставляло мне одно из главных удовольствий. Заберешься, бывало, в яблочный сад, в самую середину высокой заросшей, густой малины. Над головой — яркое горячее небо, кругом — бледно-зеленая колючая зелень кустов малины, перемешанных с сорною зарослью. Темно-зеленая крапива с тонкой цветущей макушкой стройно тянется вверх; разлапистый репейник с неестественно лиловыми колючими цветками грубо растет выше малины и выше головы и кое-где вместе с крапивою достает даже до развесистых бледно-зеленых ветвей старых яблонь, на которых наверху, в упор жаркому солнцу, зреют глянцевитые, как косточки, круглые, еще сырые яблоки. Внизу молодой куст малины, почти сухой, без листьев, искривившись, тянется к солнцу; зеленая игловатая трава и молодой лопух, пробившись сквозь прошлогодний лист, увлаженные росой, сочно зеленеют в вечной тени, как будто и не знают о том, как на листьях яблони ярко играет солнце.

В чаще этой всегда сыро, пахнет густой постоянной тенью, паутиной, падалью-яблоком, которое, чернея, уже валяется на прелой земле, малиной, иногда и лесным клопом, которого проглотишь нечаянно с ягодой и поскорее заешь другою. Подвигаясь вперед, спугиваешь воробьев, которые всегда живут в этой глуши, слышишь их торопливое чириканье и удары о ветки их маленьких быстрых крыльев, слышишь жужжание на одном месте жировой пчелы и где-нибудь по дорожке шаги садовника, дурачка Акима, и его вечное мурлыканье себе под нос. Думаешь себе: «Нет! ни ему, ни кому на свете не найти меня тут...», обеими руками направо и налево снимаешь с белых конических стебельков сочные ягоды и с наслаждением глотаешь одну за другою. Ноги, даже выше колен, насквозь мокры, в голове какой-нибудь ужаснейший вздор (твердишь тысячу раз сряду мысленно: и-и-и по-оо-о двад-ца-а-ать и-и-и по семь), руки и ноги сквозь промоченные панталоны обожжены крапивой, голову уже начинают печь прорывающиеся в чащу прямые лучи солнца, есть уже давно не хочется, а все сидишь в чаще, поглядываешь, послушиваешь, подумываешь и машинально обрываешь и глотаешь лучшие ягоды.

Часу в одиннадцатом я обыкновенно приходил в гостиную, большей частью после чаю, когда уже дамы сидели за занятиями. Около первого окна, с опущенной на солнце небеленой холстинной сторой, сквозь скважины которой яркое солнце кладет на все, что ни попадется, такие блестящие огненные кружки, что глазам больно смотреть на них, стоят пяльцы, по белому полотну которых тихо гуляют мухи. За пяльцами сидит Мими, беспрестанно сердито встряхивая головой и передвигаясь с места на место от солнца, которое, вдруг прорвавшись где-нибудь, проломит ей то там, то сям на лице или на руке огненную полосу. Сквозь другие три окна, с тенями рам, лежат цельные яркие четырехугольники; на некрашеном полу гостиной, на одном из них, по старой привычке, лежит Милка и, насторожив уши, вглядывается в ходящих мух по светлому четырехугольнику. Катенька вяжет или читает, сидя на диване, и нетерпеливо отмахивается своими беленькими, кажущимися прозрачными в ярком свете ручками или, сморщившись, трясет головкой, чтоб выгнать забившуюся в золотистые густые волоса бьющуюся там муху. Любочка или ходит взад и вперед по комнате, заложив за спину руки, дожидаясь того, чтоб пошли в сад, или играет на фортепьяно какую-нибудь пьесу, которой я давно знаю каждую нотку. Я сажусь где-нибудь, слушаю эту музыку или чтение и дожидаюсь того, чтобы мне можно было самому сесть за фортепьяно. После обеда я иногда удостаивал девочек ездить верхом с ними (ходите гулять пешком я считал несообразным с моими годами и положением в свете). И наши прогулки, в которых я провожу их по необыкновенным местам и оврагам, бывают очень приятны. С нами случаются иногда приключения, в которых я себя показываю молодцом, и дамы хвалят мою езду и смелость и считают меня своим покровителем. Вечером, ежели гостей никого нет, после чаю, который мы пьем в тенистой галерее, а после прогулки с папа по хозяйству я ложусь на старое свое место, в вольтеровское кресло, и, слушая Катенькину или Любочкину музыку, читаю и вместе с тем мечтаю по-старому. Иногда, оставшись один в гостиной, когда Любочка играет какую-нибудь старинную музыку, я невольно оставляю книгу, и, вглядываясь в растворенную дверь балкона в кудрявые висячие ветви высоких берез, на которых уже заходит вечерняя тень, и в чистое небо, на котором, как смотришь пристально, вдруг показывается как будто пыльное желтоватое пятнышко и снова исчезает; и вслушиваясь в звуки музыки из залы, скрипа ворот, бабьих голосов и возвращающегося стада на деревне, я вдруг живо вспоминаю и Наталью Савишну, и maman, и Карла Иваныча, и мне на минуту становится грустно. Но душа моя как полна в это время жизнью и надеждами, что воспоминание это только крылом касается меня и летит дальше.

После ужина и иногда ночной прогулки с кем-нибудь по саду — один я боялся ходить по темным аллеям — я уходил один спать на полу на галерею, что, несмотря на миллионы ночных комаров, пожиравших меня, доставляло мне большое удовольствие. В полнолуние я часто целые ночи напролет проводил сидя на своем тюфяке, вглядываясь в свет и тени, вслушиваясь в тишину и, звуки, мечтая о различных предметах, преимущественно о поэтическом, сладострастном счастии, которое мне, тогда казалось высшим счастием в жизни, и тоскуя о том, что мне до сих пор дано было только воображать его. Бывало, только что все разойдутся и огни из гостиной перейдут в верхние комнаты, где слышны становятся женские голоса и стук отворяющихся и затворяющихся окон, я отправляюсь на галерею и расхаживаю по ней, жадно прислушиваясь ко всем звукам засыпающего дома. До тех пор пока есть маленькая, беспричинная надежда хотя на неполное такое счастие, о котором я мечтаю, я еще не могу спокойно строить для себя воображаемое счастие.

При каждом звуке босых шагов, кашле, вздохе, толчке окошка, шорохе платья я вскакиваю с постели, воровски прислушиваюсь, приглядываюсь и без видимой причины прихожу в волнение. Но вот огни исчезают в верхних окнах, звуки шагов и говора заменяются храпением, караульщик по-ночному начинает стучать в доску, сад стал и мрачнее и светлее, как скоро исчезли на нем полосы красного света из окон, последний огонь из буфета переходит в переднюю, прокладывая полосу света по росистому саду, и мне видна через окно сгорбленная фигура Фоки, который в кофточке, со свечой в руках, идет к своей постели. Часто я находил большое волнующее наслаждение, крадучись по мокрой траве в черной тени дома, подходить к окну передней и, не переводя дыхания, слушать храпение мальчика, покряхтыванье Фоки, полагавшего, что никто его не слышит, и звук его старческого голоса, долго, долго читавшего молитвы. Наконец тушилась его последняя свечка, окно захлопывалось, я оставался совершенно один и, робко оглядываясь по сторонам, не видно ли где-нибудь, подле клумбы или подле моей постели, белой женщины, — рысью бежал на галерею. И вот тогда-то я ложился на свою постель, лицом к саду, и, закрывшись, сколько возможно было, от комаров и летучих мышей, смотрел в сад, слушал звуки ночи и мечтал о любви и счастии.

Тогда все получало для меня другой смысл: и вид старых берез, блестевших с одной стороны на лунном небе своими кудрявыми ветвями, с другой — мрачно застилавших кусты и дорогу своими черными тенями, и спокойный, пышный, равномерно, как звук, возраставший блеск пруда, и лунный блеск капель росы на цветах перед галереей, тоже кладущих поперек серой рабатки свои грациозные тени, и звук перепела за прудом, и голос человека с большой дороги, и тихий, чуть слышный скрип двух старых берез друг о друга, и жужжание комара над ухом под одеялом, и падение зацепившегося за ветку яблока на сухие листья, и прыжки лягушек, которые иногда добирались до ступеней террасы и как-то таинственно блестели на месяце своими зеленоватыми спинками, — все это получало для меня странный смысл — смысл слишком большой красоты и какого-то недоконченного счастия. И вот являлась она, с длинной черной косой, высокой грудью, всегда печальная и прекрасная, с обнаженными руками, с сладострастными объятиями. Она любила меня, я жертвовал для одной минуты ее любви всей жизнью. Но луна все выше, выше, светлее и светлее стояла на небе, пышный блеск пруда, равномерно усиливающийся, как звук, становился яснее и яснее, тени становились чернее и чернее, свет прозрачнее и прозрачнее, и, вглядываясь и вслушиваясь во все это, что-то говорило мне, что и *она* , с обнаженными руками и пылкими объятиями, еще далеко, далеко не все счастие, что и любовь к ней далеко, далеко еще не все благо; и чем больше я смотрел на высокий, полный месяц, тем истинная красота и благо казались мне выше и выше, чище и чище, и ближе и ближе к Нему, к источнику всего прекрасного и благого, и слезы какой-то неудовлетворенной, но волнующей радости навертывались мне на глаза.

И все я был один, и все мне казалось, что таинственно

величавая природа, притягивающий к себе светлый круг месяца, остановившийся зачем-то на одном высоком неопределенном месте бледно-голубого неба и вместе стоящий везде и как будто наполняющий собой все необъятное пространство, и я, ничтожный червяк, уже оскверненный всеми мелкими, бедными людскими страстями, но со всей необъятной могучей силой воображения и любви, — мне все казалось в эти минуты, что как будто природа, и луна, и я, мы были одно и то же.

Глава XXXIII.
СОСЕДИ

Меня очень удивило в первый день нашего приезда то, что папа назвал наших соседей Епифановых славными людьми, и еще больше удивило то, что он ездил к ним. У нас с Епифановыми с давних пор была тяжба за какую-то землю. Будучи ребенком, не раз я слышал, как папа сердился за эту тяжбу, бранил Епифановых, призывал различных людей, чтобы, по моим понятиям, защищаться от них, слышал, как Яков называл их нашими неприятелями и *черными людьми*, и помню, как maman просила, чтоб в ее доме и при ней даже не упоминали про этих людей.

По этим данным я в детстве составил себе такое твердое и ясное понятие о том, что Епифановы наши *враги*, которые готовы зарезать или задушить не только папа, но и сына его, ежели бы он им попался, и что они в буквальном смысле *черные люди*, что, увидев в год кончины матушки Авдотью Васильевну Епифанову, la belle Flamande, ухаживающей за матушкой, я с трудом мог поверить тому, что она была из семейства черных людей, и все-таки удержал об этом семействе самое низкое понятие. Несмотря на то, что в это лето мы часто виделись с ним, я продолжал быть странно предубежден против всего этого семейства. В сущности же вот кто такие были Епифановы. Семейство их состояло из матери, пятидесятилетней вдовы, еще свеженькой и веселенькой старушки, красавицы дочери Авдотьи Васильевны и сына, заики, Петра Васильевича, отставного холостого поручика, весьма серьезного характера.

Анна Дмитриевна Епифанова лет двадцать до смерти мужа жила врозь с ним, изредка в Петербурге, где у нее были родственники, но большею частию в своей деревне Мытищах, которая была в трех верстах от нас. В околодке рассказывали про ее образ жизни такие ужасы, что Мессалина в сравнении с нею была невинное дитя. Вследствие этого-то матушка и просила, чтобы в ее доме не поминали даже имени Епифановой; но, совершенно не иронически говоря, нельзя было верить и десятой доле самых злостных из всех родов сплетней — деревенских соседских сплетней. Но в то время, когда я узнал Анну Дмитриевну, хотя и был у нее в доме из крепостных конторщик Митюша, который, всегда напомаженный, завитой и в сюртуке на черкесский манер, стоял во время обеда за стулом Анны Дмитриевны, и она часто при нем по-французски приглашала гостей полюбоваться его прекрасными глазами и ртом, ничего и похожего не было на то, что продолжала говорить молва. Действительно, кажется уж лет десять тому назад, именно с того времени, как Анна Дмитриевна выписала из службы к себе своего почтительного сына Петруху, она совершенно переменила свой образ жизни. Имение Анны Дмитриевны было небольшое, всего с чем-то сто душ, а расходов во времена ее веселой жизни было много, так что лет десять тому назад, разумеется заложенное и перезаложенное, имение было просрочено и неминуемо должно было продаться с аукциона. В этих-то крайних обстоятельствах, полагая, что опека, опись имения, приезд суда и тому подобные неприятности происходят не столько от неплатежа процентов, сколько оттого, что она женщина, Анна Дмитриевна писала в полк к сыну, чтоб он приехал спасти свою мать в этом случае. Несмотря на то, что служба Петра Васильевича шла так хорошо, что он скоро надеялся иметь свой кусок хлеба, он все бросил, вышел в отставку и, как почтительный сын, считавший своею первою обязанностию успокаивать старость матери (что он совершенно искренно и писал ей в письмах), приехал в деревню.

Петр Васильевич, несмотря на свое некрасивое лицо, неуклюжесть и заиканье, был человек с чрезвычайно твердыми правилами и необыкновенным практическим умом. Кое-как, мелкими займами, оборотами, просьбами и обещаниями, он удержал имение. Сделавшись помещиком, Петр Васильевич надел отцовскую бекешу, хранившуюся в кладовой, уничтожил экипажи и лошадей, отучил гостей ездить в Мытища, а раскопал копани, увеличил запашку, уменьшил крестьянской земли, срубил своими и хозяйственно продал рощу — и поправил дела. Петр Васильевич дал себе и сдержал слово — до тех пор, пока не уплатятся все долги, не носить другого платья, как отцовскую бекешу и парусиновое пальто, которое он сшил себе, и не ездить иначе, как в тележке, на крестьянских лошадях. Этот стоический образ жизни он старался распространить на все семейство, сколько позволяло ему подобострастное уважение к матери, которое он считал своим долгом. В гостиной он, заикаясь, раболепствовал перед матерью, исполнял все ее желания, бранил людей, ежели они не делали того, что приказывала Анна Дмитриевна, у себя же в кабинете и в конторе строго взыскивал за то, что взяли к столу без его приказания утку или послали к соседке мужика по приказанию Анны Дмитриевны узнать о здоровье, или крестьянских девок, вместо того чтобы полоть в огороде, послали в лес за малиной.

Года через четыре долги все были заплачены, и Петр Васильевич, съездив в Москву, вернулся оттуда в новом платье и тарантасе. Но, несмотря на это цветущее положение дел, он удержал те же стоические наклонности, которыми, казалось, мрачно гордился перед своими и посторонними, и часто, заикаясь, говорил, что «кто меня истинно хочет видеть, тот рад будет видеть меня и в тулупе, тот будет и щи и кашу мою есть. Я же ем ее», — прибавлял он. В каждом слове и движении его выражалась гордость, основанная на сознании того, что он пожертвовал собой для матери и выкупил имение, и презрение к другим за то, что они ничего подобного не сделали.

Мать и дочь были совершенно других характеров и во многом различны между собою. Мать была одна из самых приятных, всегда одинаково добродушно-веселых в обществе женщин. Все милое, веселое истинно радовало ее. Даже — черта, встречаемая только у самых добродушных старых людей, — способность наслаждаться видом веселящейся молодежи была у нее в высшей степени. Дочь ее, Авдотья Васильевна, была, напротив, серьезного характера или, скорее, того особенного равнодушно рассеянного и без всякого основания высокомерного нрава, которого обыкновенно бывают незамужние красавицы. Когда же она хотела быть веселой, то веселье ее выходило какое-то странное — не то она смеялась над собой, не то над тем, с кем говорила, не то над всем светом, чего она, верно, не хотела. Часто я удивлялся и спрашивал себя, что она хотела этим сказать, когда говорила подобные фразы: *да, я ужасно как хороша собой; как же, все в меня влюблены* , и т. п. Анна Дмитриевна была всегда деятельна; имела страсть к устройству домика и садика, к цветам, канарейкам и хорошеньким вещицам. Ее комнатки и садик были небольшие и небогатые, но все это было устроено так аккуратно, чисто и все носило такой общий характер той *легонькой веселости*, которую выражает хорошенький вальс или полька, что слово *игрушечка* , употребляемое часто в похвалу гостями, чрезвычайно шло к садику и комнаткам Анны Дмитриевны. И сама Анна Дмитриевна была игрушечка — маленькая, худенькая, с свежим цветом лица, с хорошенькими маленькими ручками, всегда веселая и всегда к лицу одетая. Только немного слишком выпукло обозначавшиеся темно-лиловые жилки на ее маленьких ручках расстраивали этот общий характер. Авдотья Васильевна, напротив, почти никогда ничего не делала и не только не любила заниматься какими-нибудь вещицами или цветочками, но даже слишком мало занималась собой и всегда убегала одеваться, когда приезжали гости. Но, одетая возвратившись в комнату, она бывала необыкновенно хороша, исключая общего всем очень красивым лицам холодного и однообразного выражения глаз и улыбки. Ее строго правильное, прекрасное лицо и ее стройная фигура, казалось, постоянно говорили вам: «Извольте, можете смотреть на меня».

Но, несмотря на живой характер матери и равнодушно-рассеянную внешность дочери, что-то говорило вам, что первая никогда — ни прежде, ни теперь — ничего не любила, исключая хорошенького и веселенького, а что Авдотья Васильевна была одна из тех натур, которые ежели раз полюбят, то жертвуют уже всею жизнию тому, кого они полюбят.

Глава XXXIV.
ЖЕНИТЬБА ОТЦА

Отцу было сорок восемь лет, когда он во второй раз

женился на Авдотье Васильевне Епифановой.

Приехав один весной с девочками в деревню, папа, я воображаю, находился в том особенном тревожно счастливом и общительном расположении духа, в котором обыкновенно бывают игроки, забастовав после большого выигрыша. Он чувствовал, что много еще оставалось у него неизрасходованного счастия, которое, ежели он не хотел больше употреблять на карты, он мог употребить вообще на успехи в жизни. Потом была весна, у него было неожиданно много денег, он был совершенно один и скучал. Толкуя с Яковом о делах и вспомнив о бесконечной тяжбе с Епифановым и о красавице Авдотье Васильевне, которую он давно не видел, я воображаю, как он сказал Якову: «Знаешь, Яков Харлампыч, чем нам возиться с этой тяжбой, я думаю просто уступить им эту проклятую землю, а? как ты думаешь?..»

Воображаю, как отрицательно завертелись за спиной пальцы Якова при таком вопросе и как он доказывал, что «*опять-таки* дело наше правое, Петр Александрович».

Но папа велел заложить колясочку, надел свою модную оливковую бекешу, зачесал остатки волос, вспрыснул платок духами и в самом веселом расположении духа, в которое приводило его убеждение, что он поступает по-барски, а главное — надежда увидать хорошенькую женщину, поехал к соседям.

Мне известно только то, что папа в первый свой визит не застал Петра Васильевича, который был в поле, и пробыл один часа два с дамами. Я воображаю, как он рассыпался в любезностях, как обворожал их, притопывая своим мягким сапогом, пришепетывая и делая слабенькие глазки. Я воображаю тоже, как его вдруг нежно полюбила веселенькая старушка и как развеселилась ее холодная красавица дочь.

Когда дворовая девка, запыхавшись, прибежала доложить Петру Васильевичу, что сам старый Иртеньев приехал, я воображаю, как он сердито отвечал: «Ну, что ж, что приехал?» — и как вследствие этого он пошел домой как можно тише, может быть еще, вернувшись в кабинет, нарочно надел самый грязный пальто и послал сказать повару, чтобы отнюдь не смел, ежели барыни прикажут, ничего прибавлять к обеду.

Я потом часто видал папа с Епифановым, поэтому живо

представляю себе это первое свидание. Воображаю, как, несмотря на то, что папа предложил ему мировой окончить тяжбу, Петр Васильевич был мрачен и сердит за то, что пожертвовал своей карьерой матери, а папа подобного ничего не сделал, как ничто не удивляло его и как папа, будто не замечая этой мрачности, был игрив, весел и обращался с ним, как с удивительным шутником, чем иногда обижался Петр Васильевич и чему иногда против своего желания не мог не поддаваться. Папа, с своею склонностию из всего делать шутку, называл Петра Васильевича почему-то полковником и, несмотря на то, что Епифанов при мне раз, хуже чем обыкновенно заикнувшись и покраснев от досады, заметил, что он не по-по-по-полковник, а по-по-по-ручик, папа через пять минут назвал его опять полковником.

Любочка рассказывала мне, что, когда еще нас не было в деревне, они каждый день виделись с Епифановыми, и было чрезвычайно весело. Папа, с своим умением устраивать все как-то оригинально, шутливо и вместе с тем просто и изящно, затевал то охоты, то рыбные ловли, то какие-то фейерверки, на которых присутствовали Епифановы. И было бы еще веселее, ежели бы не этот несносный Петр Васильевич, который дулся, заикался и все расстраивал, говорила Любочка.

С тех пор как мы приехали, Епифановы только два раза были у нас, и раз мы все ездили к ним. После же Петрова дня, в который, на именинах папа, были они и пропасть гостей, отношения наши с Епифановыми почему-то совершенно прекратились, и только папа один продолжал ездить к ним.

В то короткое время, в которое я видел папа вместе с Дунечкой, как ее звала мать, вот что я успел заметить. Папа был постоянно в том же счастливом расположении духа, которое поразило меня в нем в день нашего приезда. Он был так весел, молод, полон жизни и счастлив, что лучи этого счастия распространялись на всех окружающих и невольно сообщали им такое же расположение. Он ни на шаг не отходил от Авдотьи Васильевны, когда она была в комнате, беспрестанно говорил ей такие сладенькие комплименты, что мне совестно было за него, или молча, глядя на нее, как-то страстно и самодовольно подергивал плечом и покашливал, а иногда, улыбаясь, говорил с ней даже шепотом; но все это делал с тем выражением, *так, шутя* , которое в самых серьезных вещах было ему свойственно.

Авдотья Васильевна, казалось, усвоила себе от папа выражение счастия, которое в это время блестело в ее больших голубых глазах почти постоянно, исключая тех минут, когда на нее вдруг находила такая застенчивость, что мне, знавшему это чувство, было жалко и больно смотреть на нее. В такие минуты она, видимо, боялась каждого взгляда и движения, ей казалось, что все смотрят на нее, думают только об ней и все в ней находят неприличным. Она испуганно оглядывалась на всех, краска беспрестанно приливала и отливала от ее лица, и она начинала громко и смело говорить, большею частию глупости, чувствуя это, чувствуя, что все и папа слышат это, и краснела еще больше. Но в таких случаях папа и не замечал ее глупостей, он все так же страстно, покашливая, с веселым восторгом смотрел на нее. Я заметил, что припадки застенчивости хотя и находили на Авдотью Васильевну без всякой причины, иногда следовали тотчас же за тем, как при папа упоминали о какой-нибудь молодой и красивой женщине. Частые переходы от задумчивости к тому роду ее странной, неловкой веселости, про которую я уже говорил, повторение любимых слов и оборотов речи папа, продолжение с другими начатых с папа разговоров — все это, если б действующим лицом был не мои отец и я бы был постарше, объяснило бы мне отношения папа и Авдотьи Васильевны, но я ничего не подозревал в то время, даже и тогда, когда при мне папа, получив какое-то письмо от Петра Васильевича, очень расстроился им и до конца августа перестал ездить к Епифановым.

В конце августа папа снова стал ездить к соседям и за день до нашего (моего и Володи) отъезда в Москву объявил нам, что он женится на Авдотье Васильевне Епифановой.

Глава XXXV.
КАК МЫ ПРИНЯЛИ ЭТО ИЗВЕСТИЕ

Накануне этого официального извещения все в доме уже знали и различно судили об этом обстоятельстве. Мими не выходила целый день из своей комнаты и плакала. Катенька сидела с ней и вышла только к обеду, с каким-то оскорбленным выражением лица, явно заимствованным от своей матери; Любочка, напротив, была очень весела и говорила за обедом, что она знает отличный секрет, который, однако, она никому не расскажет.

— Ничего нет отличного в твоем секрете, — сказал ей Володя, не разделяя ее удовольствия, — коли бы ты могла думать о чем-нибудь серьезно, ты бы поняла, что это, напротив, очень худо.

Любочка с удивлением, пристально посмотрела на него и замолчала.

После обеда Володя хотел меня взять за руку, но, испугавшись, должно быть, что это будет похоже на нежность, только тронул меня за локоть и кивнул в залу.

— Ты знаешь, про какой секрет говорила Любочка? — сказал он мне, убедившись, что мы были одни.

Мы редко говорили с Володей с глазу на глаз и о чем-нибудь серьезном, так что, когда это случалось, мы испытывали какую-то взаимную неловкость, и в глазах у нас начинали прыгать мальчики, как говорил Володя; но теперь, в ответ на смущение, выразившееся в моих глазах, он пристально и серьезно продолжал глядеть мне в глаза с выражением, говорившим: «Тут нечего смущаться, все-таки мы братья и должны посоветоваться между собой о важном семейном деле». Я понял его, и он продолжал:

— Папа женится на Епифановой, ты знаешь?

Я кивнул головой, потому что уже слышал про это.

— Ведь это очень нехорошо, — продолжал Володя.

— Отчего же?

— Отчего? — отвечал он с досадой, — очень приятно иметь этакого дядюшку-заику, полковника, и все это родство. Да и она теперь только кажется добрая и ничего, а кто ее знает, что будет. Нам, положим, все равно, но Любочка ведь скоро должна выезжать в свет. С этакой belle-mere[1] не очень приятно, она даже по-французски плохо говорит, и какие манеры она может ей дать. Пуассардка — и больше ничего; положим, добрая, но все-таки пуассардка, — заключал Володя, видимо очень довольный этим наименованием «пуассардки».

Как ни странно мне было слышать, что Володя так спокойно судит о выборе папа, мне казалось, что он прав.

— Из чего же папа женится? — спросил я.

— Это темная история, Бог их знает; я знаю только, что Петр Васильич уговаривал его жениться, требовал, что папа

_____

[1] мачехой

не хотел, а потом ему пришла фантазия, какое-то рыцарство, — земная история. Я теперь только начал понимать отца, — продолжал Володя (то, что он называл его отцом, а не папа, больно кольнуло меня), — что он прекрасный человек, добр и умен, но такого легкомыслия и ветрености... это удивительно! он не может видеть хладнокровно женщину. Ведь ты знаешь, что нет женщины, которую бы он знал и в которую бы не влюбился. Ты знаешь, Мими ведь тоже.

— Что ты?

— Я тебе говорю; я недавно узнал, он был влюблен в Мими, когда она была молода, стихи ей писал, и что-то у них было. Мими до сих пор страдает. — И Володя засмеялся.

— Не может быть! — сказал я с удивлением.

— Но главное, — продолжал Володя снова серьезно и вдруг начиная говорить по-французски, — всей родне нашей как будет приятна такая женитьба! И дети ведь у нее, верно, будут.

Меня так поразил здравый смысл и предвидение Володи, что я не знал, что отвечать.

В это время к нам подошла Любочка.

— Так вы знаете? — спросила она с радостным лицом.

— Да, — сказал Володя, — только я удивляюсь, Любочка: ведь ты уже не в пеленках дитя, что тебе может быть радости, что папа женится на какой-нибудь дряни?

Любочка вдруг сделала серьезное лицо и задумалась.

— Володя! отчего же дряни? как ты смеешь так говорить про Авдотью Васильевну? Коли папа на ней женится, так, стало быть, она не дрянь.

— Да, не дрянь, я так сказал, но все-таки...

— Нечего «но все-таки», — перебила Любочка, разгорячившись, — я не говорила, что дрянь эта барышня, в которую ты влюблен; как же ты можешь говорить про папа и про отличную женщину? Хоть ты старший брат, но ты мне не говори, ты не должен говорить.

— Да отчего ж нельзя рассуждать про...

— Нельзя рассуждать, — опять перебила Любочка, — нельзя рассуждать про такого отца, как наш. Мими может рассуждать, а не ты, старший брат.

— Нет, ты еще ничего не понимаешь, — сказал Володя презрительно, — ты пойми. Что, это хорошо, что какая-нибудь

Епифанова *Дунечка* заменит тебе maman покойницу?

Любочка замолчала на минутку, и вдруг слезы выступили у нее на глаза.

— Я знала, что ты гордец, но не думала, чтоб ты был такой злой, — сказала она и ушла от нас.

— *В булку* , — сказал Володя, сделав серьезно комическое лицо и мутные глаза. — Вот рассуждай с ними, — продолжал он, как будто упрекая себя в том, что он до того забылся, что решился снизойти до разговора с Любочкой.

На другой день погода была дурная, и еще ни папа, ни дамы не выходили к чаю, когда я пришел в гостиную. Ночью был осенний холодный дождик, по небу бежали остатки валившейся ночью тучи, сквозь которую неярко просвечивало обозначавшееся светлым кругом, довольно высоко уже стоявшее солнце. Было ветрено, сыро и сиверко. Дверь в сад была открыта, на почерневшем от мокроты полу террасы высыхали лужи ночного дождя. Открытая дверь подергивалась от ветра на железном крючке, дорожки были сыры и грязны; старые березы с оголенными белыми ветвями, кусты и трава, крапива, смородина, бузина с вывернутыми бледной стороной листьями бились на одном месте и, казалось, хотели оторваться от корней; из липовой аллеи, вертясь и обгоняя друг друга, летели желтые круглые листья и, промокая, ложились на мокрую дорогу и на мокрую темно-зеленую отаву луга. Мысли мои заняты были будущей женитьбой отца, с той точки зрения, с которой смотрел на нее Володя. Будущее сестры, нас и самого отца не представляло мне ничего хорошего. Меня возмущала мысль, что посторонняя, чужая и, главное, *молодая* женщина, не имея на то никакого права, вдруг займет место во многих отношениях — кого же? — простая *молодая* барышня, и займет место покойницы матушки! Мне было грустно, и отец казался мне все больше и больше виноватым. В это время я услышал его и Володин голоса, говорившие в официантской. Я не хотел видеть отца в эту минуту и отошел от двери; но Любочка пришла за мною и сказала, что папа меня спрашивает.

Он стоял в гостиной, опершись рукой о фортепьяно, и нетерпеливо и вместе с тем торжественно смотрел в мою сторону. На лице его уже не было того выражения молодости и счастия, которое я замечал на нем все это время. Он был печален. Володя с трубкой в руке ходил по комнате. Я подошел к отцу и поздоровался с ним.

— Ну, друзья мои, — сказал он решительно, поднимая голову и тем особенным быстрым тоном, которым говорятся вещи, очевидно, неприятные, но о которых судить уже поздно, — вы знаете, я думаю, что я женюсь на Авдотье Васильевне. — Он помолчал немного. — Я никогда не хотел жениться после вашей maman, но... — он остановился на минутку, — но... но, видно, судьба. Дунечка добрая, милая девушка и уж не очень молода; я надеюсь, вы ее полюбите, дети, а она уже вас любит от души, она хорошая. Теперь вам, — сказал он, обращаясь ко мне и Володе и как будто торопясь говорить, чтоб мы не успели перебить его, — вам пора уж ехать, а я пробуду здесь до нового года и приеду в Москву, — опять он замялся, — уже с женою и с Любочкой. — Мне стало больно видеть отца, как будто робеющего и виноватого перед нами, я подошел к нему ближе, но Володя, продолжая курить, опустив голову, все ходил по комнате.

— Так-то, друзья мои, вот ваш старик что выдумал, — заключил папа, краснея, покашливая и подавая мне и Володе руки. Слезы у него были на глазах, когда он сказал это, и рука, которую он протянул Володе, бывшему в это время в другом конце комнаты, я заметил, немного дрожала. Вид этой дрожащей руки больно поразил меня, и мне пришла странная мысль, еще более тронувшая меня, — мне пришла мысль, что папа служил в 12-м году и был, известно, храбрым офицером. Я задержал его большую жилистую руку и поцеловал ее. Он крепко пожал мою и вдруг, всхлипнув от слез, взял обеими руками Любочку за ее черную головку и стал целовать ее в глаза. Володя притворился, что уронил трубку, и, нагнувшись, потихоньку вытер глаза кулаком и, стараясь быть незамеченным, вышел из комнаты.

Глава XXXVI.
УНИВЕРСИТЕТ

Свадьба должна была быть через две недели; но лекции наши начинались, и мы с Володей в начале сентября поехали в Москву. Нехлюдовы тоже вернулись из деревни. Дмитрий, с которым мы, расставаясь, дали слово писать друг другу и, разумеется, не писали ни разу) тотчас же приехал ко мне, и мы решили, что он меня на другой день повезет в первый раз в университет на лекции.

Был яркий солнечный день.

Как только вошел я в аудиторию, я почувствовал, как личность моя исчезает в этой толпе молодых, веселых лиц, которая в ярком солнечном свете, проникавшем в большие окна, шумно колебалась по всем дверям и коридорам. Чувство сознания себя членом этого огромного общества было очень приятно. Но из всех этих лиц не много было мне знакомых, да и с теми знакомство ограничивалось кивком головы и словами: «Здравствуйте, Иртеньев!» Вокруг же меня жали друг другу руки, толкались, слова дружбы, улыбки, приязни, шуточки сыпались со всех сторон. Я везде чувствовал связь, соединяющую все это молодое общество, и с грустью чувствовал, что связь эта как-то обошла меня. Но это было только минутное впечатление. Вследствие его и досады, порожденной им, напротив, я даже скоро нашел, что очень хорошо, что я не принадлежу ко всему этому обществу, что у меня должен быть свой кружок, людей порядочных, и уселся на третьей лавке, где сидели граф Б., барон З., князь Р., Иван и другие господа в том же роде, из которых я был знаком с Ивиным и графом Б. Но и эти господа смотрели на меня так, что я чувствовал себя не совсем принадлежащим и к их обществу. Я стал наблюдать все, что происходило вокруг меня. Семенов, с своими седыми всклокоченными волосами и белыми зубами, в расстегнутом сюртуке, сидел недалеко от меня и, облокотясь, грыз перо. Гимназист, выдержавший первым экзамен, сидел на первой лавке, все с подвязанной черным галстуком щекой, и играл серебряным ключиком часов на атласном жилете. Иконин, который поступил-таки в университет сидя на верхней лавке, в голубых панталонах с кантом, закрывавших весь сапог, хохотал и кричал, что он на Парнасе. Иленька, который, к удивлению моему, не только холодно, но даже презрительно мне поклонился, как будто желая напомнить о том, что здесь мы все равны, сидел передо мной и, поставив особенно развязно свои худые ноги на лавку (как мне казалось, на мой счет), разговаривал с другим студентом и изредка взглядывал на меня. Подле меня компания Ивина говорила по-французски. Эти господа казались мне ужасно глупы. Всякое слово, которое я слышал из их разговора, не только казалось мне бессмысленно, но неправильно, просто не по французски (ce n'est pas Français, говорил я себе мысленно), а позы, речи и поступки Семенова, Иленьки и других казались мне неблагородны, непорядочны, не comme il faut.

Я не принадлежал ни к какой компании и, чувствуя себя одиноким и неспособным к сближению, злился. Один студент на лавке передо мной грыз ногти, которые были все в красных заусенцах, и это мне показалось до того противно, что я даже пересел от него подальше. В душе же мне, помню, в этот первый день было очень грустно.

Когда вошел профессор и все, зашевелившись, замолкли, я помню, что я и на профессора распространил свой сатирический взгляд, и меня поразило то, что профессор начал лекцию вводной фразой, в которой, по моему мнению, не было никакого толка. Я хотел, чтобы лекция от начала до конца была такая умная, чтобы из нее нельзя было выкинуть и нельзя было к ней прибавить ни одного слова. Разочаровавшись в этом, я сейчас же, под заглавием «первая лекция», написанным в красиво переплетенной тетрадке, которую я принес с собою, нарисовал восемнадцать профилей, которые соединялись в кружок в виде цветка, и только изредка водил рукой по бумаге, для того чтобы профессор (который, я был уверен, очень занимается мною) думал, что я записываю. На этой же лекции решив, что записывание всего, что будет говорить всякий профессор, не нужно и даже было бы глупо, я держался этого правила до конца курса.

На следующих лекциях я уже не чувствовал так сильно одиночества, познакомился со многими, жал руки, разговаривал, но между мной и товарищами настоящего сближения все-таки не делалось отчего-то, и еще часто мне случалось в душе грустить и притворяться. С компанией Ивина и аристократов, как их все называли, я не мог сойтись, потому что, как теперь вспоминаю, я был дик и груб с ними и кланялся им только тогда, когда они мне кланялись, а они очень мало, по-видимому, нуждались в моем знакомстве. С большинством же это происходило от совершенно другой причины. Как только я чувствовал, что товарищ начинал быть во мне расположен, я тотчас же давал ему понять, что я обедаю у князя Ивана Иваныча и что у меня есть дрожки. Все это я говорил только для того, чтобы показать себя с более выгодной стороны и чтобы товарищ меня полюбил еще больше за это; но почти всякий раз, напротив, вследствие сообщенного известия о моем родстве с князем Иваном Иванычем и дрожках, к удивлению моему, товарищ вдруг становился со мной горд и холоден.

Был у нас казеннокоштный студент Оперов, скромный, очень способный и усердный молодой человек, который подавал всегда руку, как доску, не сгибая пальцев и не делая ею никакого движения, так что шутники-товарищи иногда так же подавали ему руку и называли это подавать руку «дощечкой». Я почти всегда садился с ним рядом и часто разговаривал. Оперов особенно понравился мне теми свободными мнениями, которые он высказывал о профессорах. Он очень ясно и отчетливо определял достоинства и недостатки преподавания каждого профессора и даже иногда подтрунивал над ними, что особенно странно и поразительно действовало на меня, сказанное его тихим голоском, выходящим из его крошечного ротика. Несмотря на то, он, однако, тщательно записывал своим мелким почерком без исключения все лекции. Мы начинали уже сходиться с ним, решились готовиться вместе, и его маленькие серые близорукие глазки уже начинали с удовольствием обращаться на меня, когда я приходил садиться рядом с ним на свое место. Но я нашел нужным раз в разговоре объяснить ему, что моя матушка, умирая, просила отца не отдавать нас в казенное заведение и что я начинаю убеждаться в том, что все казенные воспитанники, может, и очень учены, но они для меня... совсем не то, се ne sont pas des gens comme il faut[1], сказал я, заминаясь и чувствуя, что я почему-то покраснел. Оперов ничего не сказал мне, но на следующих лекциях не здоровался со мной первый, не подавал своей дощечки, не разговаривал, и когда я садился на место, то он, бочком пригнув голову на палец от тетрадей, делал, как будто вглядывался в них. Я удивлялся беспричинному охлаждению Оперова. Но pour un jeune homme de bonne maison[2] я считал неприличным заискивать в казеннокоштном студенте *Оперове* и оставил его в покое, хотя, признаюсь, его охлаждение мне было грустно. Раз я пришел прежде его, и так как лекция была любимого профессора, на которую сошлись студенты, не имевшие обыкновения всегда ходить на лекции,

1 это не люди порядочные
2 для молодого человека из хорошего дома

и места все были заняты, я сел на место Оперова, положил на пюпитр свои тетради, а сам вышел. Возвратясь в аудиторию, я увидел, что мои тетради переложены на заднюю лавку, а Оперов сидит на своем месте. Я заметил ему, что я тут положил тетради.

— Я не знаю, — отвечал он, вдруг вспыхнув и не глядя на меня.

— Я вам говорю, что я положил тут тетради, — сказал я, начиная нарочно горячиться, думая испугать его своей храбростью. — Все видели, — прибавил я, оглядываясь на студентов; но хотя многие с любопытством смотрели на меня, никто не ответил.

— Тут мест не откупают, а кто пришел прежде, тот и садится, — сказал Оперов, сердито поправляясь на своем месте и на мгновение взглянув на меня возмущенным взглядом.

— Это значит, что вы невежа, — сказал я.

Кажется, что Оперов пробормотал что-то, кажется даже, что он пробормотал: «А ты глупый мальчишка», — но я решительно не слыхал этого. Да и какая бы была польза, ежели бы я это слышал? браниться, как manants[1] какие-нибудь, больше ничего? (Я очень любил это слово manant, и оно мне было ответом и разрешением многих запутанных отношений.) Может быть, я бы сказал еще что-нибудь, но в это время хлопнула дверь, и профессор в синем фраке, расшаркиваясь, торопливо прошел на кафедру.

Однако перед экзаменом, когда мне понадобились тетради, Оперов, помня свое обещание, предложил мне свои и пригласил заниматься вместе.

Глава XXXVII.
СЕРДЕЧНЫЕ ДЕЛА

Сердечные дела занимали меня в эту зиму довольно много. Я был влюблен три раза. Раз я страстно влюбился в очень полную даму, которая ездила при мне в манеже Фрейтага, вследствие чего каждый вторник и пятницу — дни, в которые она ездила, — я приходил в манеж смотреть на нее, но всякий раз так боялся, что она меня увидит, и потому так далеко всегда становился от нее и бежал так скоро с того

---

1 мужичье

места, где она должна была пройти, и так небрежно отворачивался, когда она взглядывала в мою сторону, что я даже не рассмотрел хорошенько ее лица и до сих пор не знаю, была ли она точно хороша собой, или нет.

Дубков, который был знаком с этой дамой, застав меня однажды в манеже, где я стоял, спрятавшись за лакеями и шубами, которые они держали, и узнав от Дмитрия о моей страсти, так испугал меня предложением познакомить меня с этой амазонкой, что я опрометью убежал из манежа и, при одной мысли о том, что он ей сказал обо мне, больше не смел входить в манеж, даже до лакеев, боясь встретить ее.

Когда я бывал влюблен в незнакомых и особенно замужних женщин, на меня находила застенчивость, еще в тысячу раз сильнее той, которую я испытывал с Сонечкой. Я боялся больше всего на свете того, чтобы мой предмет не узнал о моей любви и даже о моем существовании. Мне казалось, что ежели бы она узнала о том чувстве, которое я к ней испытывал; то это было бы для нее таким оскорблением, которого она не могла бы мне простить никогда. И в самом деле, ежели бы эта амазонка знала подробно, как я, глядя на нее из-за лакеев, воображал, похитив ее, увезти в деревню и как с ней жить там и что с ней делать, может быть она справедливо бы очень оскорбилась. Но я не мог ясно сообразить того, что, зная меня, она не могла еще узнать вдруг все мои об ней мысли и что поэтому ничего не было постыдного просто познакомиться с ней.

В другой раз я влюбился в Сонечку, увидав ее у сестры. Вторая любовь моя к ней уже давно прошла, но я влюбился в третий раз вследствие того, что Любочка дала мне тетрадку стишков, переписанных Сонечкой, в которой «Демон» Лермонтова был во многих мрачно-любовных местах подчеркнут красными чернилами и заложен цветочками. Вспомнив, как Володя целовал прошлого года кошелек своей барышни, я попробовал сделать то же, и действительно, когда я один вечером в своей комнате стал мечтать, глядя на цветок, и прикладывать его к губам, я почувствовал некоторое приятно-слезливое расположение и снова был влюблен или так предполагал в продолжение нескольких дней.

В третий раз, наконец, в эту зиму я влюбился в барышню, в которую был влюблен Володя и которая езжала к нам. В барышне этой, как я теперь вспоминаю, ровно ничего не было хорошего, и именно того хорошего, что мне обыкновенно нравилось. Она была дочь известной московской умной и ученой дамы, маленькая, худенькая, с длинными русыми английскими буклями и с прозрачным профилем. Все говорили, что эта барышня еще умнее и ученее своей матери; но я никак не мог судить об этом, потому что, чувствуя какой-то подобострастный страх при мысли о ее уме и учености, я только один раз говорил с ней, и то с неизъяснимым трепетом. Но восторг Володи, который никогда не стеснялся присутствующими в выражении своего восторга, сообщился мне с такой силой, что я страстно влюбился в эту барышню. Чувствуя, что Володе будет неприятно известие о том, что *два братца влюблены в одну девицу*, я не говорил ему о своей любви. Мне же, напротив, в этом чувстве больше всего доставляла удовольствие мысль, что любовь наша так чиста, что, несмотря на то, что предмет ее одно и то же прелестное существо, мы остаемся дружны и готовы, ежели встретится необходимость, жертвовать собой друг для друга. Впрочем, насчет готовности жертвовать Володя, кажется, не совсем разделял мое мнение, потому что он был влюблен так страстно, что хотел дать пощечину и вызвать на дуэль одного настоящего дипломата, который, говорили, должен был жениться на ней. Мне же очень приятно было жертвовать своим чувством, может быть оттого, что не стоило большого труда, так как я с этой барышней только раз вычурно поговорил о достоинстве ученой музыки, и любовь моя, как я ни старался поддерживать ее, прошла на следующей неделе.

Глава XXXVIII.
СВЕТ

Светские удовольствия, которым, вступая в университет, я мечтал предаться в подражание старшему брату, совершенно разочаровали меня в эту зиму. Володя танцевал очень много, папа тоже езжал на балы с своей молодой женой; но меня, должно быть, считали или еще слишком молодым, или неспособным для этих удовольствий, и никто не представлял меня в те дома, где давались балы. Несмотря на обещание откровенности с Дмитрием, я никому, и ему тоже, не говорил о том, как мне хотелось ездить на балы и как больно и досадно было то, что про меня забывали и, видимо, смотрели как на кого-то философа, которым я вследствие того и прикидывался.

Но в эту зиму был вечер у княгини Корнаковой. Она сама пригласила всех нас и между прочими меня, и я в первый раз должен был ехать на бал. Володя, перед тем как ехать, пришел ко мне в комнату и желал видеть, как я оденусь. Меня очень удивил и озадачил этот поступок с его стороны. Мне казалось, что желание быть хорошо одетым весьма стыдно и что нужно скрывать его; он же, напротив, считал это желание до такой степени естественным и необходимым, что совершенно откровенно говорил, что боится, чтобы я не осрамился. Он велел мне непременно надеть лаковые сапоги, пришел в ужас, когда я хотел надеть замшевые перчатки, надел мне часы как-то особенным манером и повез на Кузнецкий мост к парикмахеру. Меня завили. Володя отошел и посмотрел на меня издали.

— Вот теперь хорошо, только неужели нельзя пригладить этих вихров? — сказал он, обращаясь к парикмахеру.

Но сколько ни мазал m-r Charles какой-то липкой эссенцией мои вихры, они все-таки встали, когда я надел шляпу, и вообще моя завитая фигура мне казалась еще гораздо хуже, чем прежде. Мое одно спасенье была афектация небрежности. Только в таком виде наружность моя была на что-нибудь похожа.

Володя, кажется, был того же мнения, потому что попросил меня разбить завивку, и когда я это сделал и все-таки было нехорошо, он больше не смотрел на меня и всю дорогу до Корнаковых был молчалив и печален.

К Корнаковым вместе с Володей я вошел смело; но когда меня княгиня пригласила танцевать и я почему-то, несмотря на то, что ехал с одной мыслью танцевать очень много, сказал, что я не танцую, я оробел и, оставшись один между незнакомыми людьми, впал в свою обычную непреодолимую, все возрастающую застенчивость. Я молча стоял на одном месте целый вечер.

Во время вальса одна из княжон подошла ко мне и с общей всему семейству официальной любезностью спросила меня, отчего я не танцую. Помню, как я оробел при этом вопросе, но как вместе с тем, совершенно невольно для меня, на лице моем распустилась самодовольная улыбка, и я начал говорить по-французски самым напыщенным языком с вводными предложениями такой вздор, который мне теперь, даже после десятков лет, совестно вспомнить. Должно быть, так подействовала на меня музыка, возбуждавшая мои нервы и заглушавшая, как я полагал, не совсем понятную часть моей речи. Я говорил что-то про высшее общество, про пустоту людей и женщин и, наконец, так заврался, что остановился на половине слова какой-то фразы, которую не было никакой возможности кончить.

Даже светская по породе княжна смутилась и с упреком посмотрела на меня. Я улыбался. В эту критическую минуту Володя, который, заметив, что я разговариваю горячо, верно желал знать, каково я в разговорах искупаю то, что не танцую, подошел к нам вместе с Дубковым. Увидав мое улыбающееся лицо и испуганную мину княжны и услыхав тот ужасный вздор, которым я кончил, он покраснел и отвернулся. Княжна встала и отошла от меня. Я все-таки улыбался, но так страдал в эту минуту сознанием своей глупости, что готов был провалиться сквозь землю и что во что бы то ни стало чувствовал потребность шевелиться и говорить что-нибудь, чтобы как-нибудь изменить свое положение. Я подошел к Дубкову и спросил его, много ли он протанцевал вальсов с *ней*. Это я будто бы был игрив и весел, но в сущности умолял о помощи того самого Дубкова, которому я прокричал: «Молчать!» — на обеде у Яра. Дубков сделал, будто не слышит меня, и повернулся в другую сторону. Я пододвинулся к Володе и сказал через силу, стараясь дать тоже шутливый тон голосу: «Ну что, Володя, *умаялся?* » Но Володя посмотрел на меня так, как будто хотел сказать: «Ты так не говоришь со мной, когда мы одни», — и молча отошел от меня, видимо боясь, чтобы я еще не прицепился к нему как-нибудь.

«Боже мой, и брат мой покидает меня!» — подумал я.

Однако у меня почему-то недостало силы уехать. Я до конца вечера мрачно простоял на одном месте, и только когда все, разъезжаясь, столпились в передней и лакей надел мне шинель на конец шляпы, так что она поднялась, я сквозь слезы болезненно засмеялся и, не обращаясь ни к кому в особенности, сказал-таки: «Comme c'est gracieux»[1].

_____

1 Как это красиво

Глава XXXIX.
КУТЕЖ

Несмотря на то, что под влиянием Дмитрия я еще не предавался обыкновенным студенческим удовольствиям, называемым *кутежами* , мне случилось уже в эту зиму раз участвовать в таком увеселении, и я вынес из него не совсем приятное чувство. Вот как это было. В начале года, раз на лекции барон З., высокий белокурый молодой человек, с весьма серьезным выражением правильного лица, пригласил всех нас к себе на товарищеский вечер. Всех нас — значит всех товарищей более или менее comme il faut нашего курса, в числе которых, разумеется, не были ни Грап, ни Семенов, ни Оперов, ни все эти плохонькие господа. Володя презрительно улыбнулся, узнав, что я еду на кутеж первокурсников; но я ожидал необыкновенного и большого удовольствия от этого еще совершенно неизвестного мне препровождения времени и пунктуально в назначенное время, в восемь часов, был у барона З.

Барон З., в расстегнутом сюртуке и белом жилете, принимал гостей в освещенной зале и гостиной небольшого домика, в котором жили его родители, уступившие ему на вечер этого торжества парадные комнаты. В коридоре виднелись платья и головы любопытных горничных, и в буфете мелькнуло раз платье мамы, которую я принял за самую баронессу. Гостей было человек двадцать, и все были студенты, исключая г. Фроста, приехавшего вместе с Ивиным, и одного румяного высокого штатского господина, распоряжавшегося пиршеством, и которого со всеми знакомили как родственника барона и бывшего студента Дерптского университета. Слишком яркое освещение и обыкновенное казенное убранство парадных комнат сначала действовали так охладительно на все это молодое общество, что все невольно держались по стенкам, исключая некоторых смельчаков и дерптского студента, который, уже расстегнув жилет, казалось находился в одно и то же время в каждой комнате и в каждом угле каждой комнаты и наполнял, казалось, всю комнату своим звучным, приятным, неумолкающим тенором. Товарищи же больше молчали или скромно разговаривали о профессорах, науках, экзаменах, вообще серьезных и неинтересных предметах. Все без исключения поглядывали на дверь буфета и, хотя старались скрывать это, имели выражение, говорившее: «Что ж, пора бы и начинать». Я тоже чувствовал, что пора бы начинать, и ожидал *начала* с нетерпеливою радостью.

После чая, которым лакеи обнесли гостей, дерптский студент спросил у Фроста по-русски:

— Умеешь делать жженку, Фрост?

— О ja![1] — отвечал Фрост, потрясая икрами, но дерптский студент снова по-русски сказал ему:

— Так ты возьмись за это дело (они были на «ты», как товарищи по Дерптскому университету), — и Фрост, делая большие шаги своими выгнутыми мускулистыми ногами, стал переходить из гостиной в буфет, из буфета в гостиную, и скоро на столе оказалась большая суповая чаша с стоящей на ней десятифунтовой головкой сахару посредством трех перекрещенных студенческих шпаг. Барон З. в это время беспрестанно подходил ко всем гостям, которые собрались в гостиной, глядя на суповую чашу, и с неизменно серьезным лицом говорил всем почти одно и то же: «Давайте, господа, выпьемте все по-студенчески круговую, брудершафт, а то у нас совсем нет товарищества в нашем курсе. Да расстегнитесь же или совсем снимите, вот как он». Действительно, дерптский студент, сняв сюртук и засучив белые рукава рубашки выше белых локтей и решительно расставив ноги, уже поджигал ром в суповой чаше.

— Господа! тушите свечи, — закричал вдруг дерптский студент так приемисто и громко, как только можно было крикнуть тогда, когда бы мы все кричали. Мы же все безмолвно смотрели на суповую чашу и белую рубашку дерптского студента и все чувствовали, что наступила торжественная минута.

— Löschen Sie die Lichter aus, Frost![2] — снова прокричал дерптский студент уже по-немецки, должно быть слишком разгорячившись. Фрост и мы все принялись тушить свечи. В комнате стало темно, одни белые рукава и руки, поддерживавшие голову сахару на шпагах, освещались голубоватым пламенем. Громкий тенор дерптского студента уже не был одиноким, потому что во всех углах комнаты заговорило и засмеялось. Многие сняли сюртуки (особенно

---

1 О да!

2 Потушите свечи, Фрост!

те, у которых были тонкие и совершенно свежие рубашки), я сделал то же и понял, что *началось* . Хотя веселого еще ничего не было, я был твердо уверен, что все-таки будет отлично, когда мы все выпьем по стакану готовившегося напитка.

Напиток поспел. Дерптский студент, сильно закапав стол, разлил жженку по стаканам и закричал: «Ну, теперь, господа, давайте». Когда мы каждый взяли в руку по полному липкому стакану, дерптский студент и Фрост запели немецкую песню, в которой часто повторялось восклицание *Юхе!* Мы все нескладно запели за ними, стали чокаться, кричать что-то, хвалить жженку и друг с другом через руку и просто пить сладкую и крепкую жидкость. Теперь уж нечего было дожидаться, кутеж был во всем разгаре. Я выпил уже целый стакан жженки, мне налили другой, в висках у меня стучало, огонь казался багровым, кругом меня все кричало и смеялось, но все-таки не только не казалось весело, но я даже был уверен, что и мне и всем было скучно и что я и все только почему-то считали необходимым притворяться, что им очень весело. Не притворялся, может быть, только дерптский студент; он все более и более становился румяным и вездесущим, всем подливал пустые стаканы и все больше и больше заливал стол, который весь сделался сладким и липким. Не помню, как и что следовало одно за другим, но помню, что в этот вечер я ужасно любил дерптского студента и Фроста, учил наизусть немецкую песню и обоих их целовал в сладкие губы; помню тоже, что в этот вечер я ненавидел дерптского студента и хотел пустить в него стулом, но удержался; помню, что, кроме того чувства неповиновения всех членов, которое я испытал и в день обеда у Яра, у меня в этот вечер так болела и кружилась голова, что я ужасно боялся умереть сию же минуту; помню тоже, что мы зачем-то все сели на пол, махали руками, подражая движению веслами, пели «Вниз по матушке по Волге» и что я в это время думал о том, что этого вовсе не нужно было делать; помню еще, что я, лежа на полу, цепляясь нога за ногу, боролся по-цыгански, кому-то свихнул шею и подумал, что этого не случилось бы, ежели бы он не был пьян; помню еще, что ужинали и пили что-то другое, что я выходил на двор освежиться, и моей голове было холодно, и что, уезжая, я заметил, что было ужасно темно, что подножка пролетки сделалась покатая и скользкая и за Кузьму нельзя было держаться, потому что он сделался слаб и качался, как тряпка; но помню главное: что в продолжение всего этого вечера я беспрестанно чувствовал, что я очень глупо делаю, притворяясь, будто бы мне очень весело, будто бы я люблю очень много пить и будто бы я и не думал быть пьяным, и беспрестанно чувствовал, что и другие очень глупо делают, притворяясь в том же. Мне казалось, что каждому отдельно было неприятно, как и мне, но, полагая, что такое неприятное чувство испытывал он один, каждый считал себя обязанным притворяться веселым, для того чтобы не расстроить общего веселья; притом же — странно сказать — я себя считал обязанным к притворству по одному тому, что в суповую чашу влило было три бутылки шампанского по десяти рублей и десять бутылок рому по четыре рубля, что всего составляло семьдесят рублей, кроме ужина. Я так был убежден в этом, что на другой день на лекции меня чрезвычайно удивило то, что товарищи мои, бывшие на вечере барона З., не только не стыдились вспоминать о том, что они там делали, но рассказывали про вечер так, чтобы другие студенты могли слышать. Они говорили, что был отличнейший кутеж, что дерптские — молодцы на эти дела и что там было выпито на двадцать человек сорок бутылок рому, и что многие замертво остались под столами. Я не мог понять, для чего они не только рассказывали, но и лгали на себя.

Глава XL.
ДРУЖБА С НЕХЛЮДОВЫМИ

В эту зиму я очень часто виделся не только с одним Дмитрием, который ездил нередко к нам, но и со всем его семейством, с которым я начинал сходиться.

Нехлюдовы — мать, тетка и дочь — все вечера проводили дома, и княгиня любила, чтоб по вечерам приезжала к ней молодежь, мужчины такого рода, которые, как она говорила, в состоянии провести весь вечер без карт и танцев. Но, должно быть, таких мужчин было мало, потому что я, который ездил к ним почти каждый вечер, редко встречал у них гостей. Я привык к лицам этого семейства, к различным их настроениям, сделал себе уже ясное понятие о их взаимных отношениях, привык к комнатам и мебели и, когда гостей не было, чувствовал себя совершенно свободным, исключая тех случаев, когда оставался один в комнате с Варенькой. Мне все казалось, что она, как не очень красивая девушка, очень бы желала, чтобы я влюбился в нее. Но и это смущение начинало проходить. Она так естественно показывала вид, что ей было все равно говорить со мной, с братом или с Любовью Сергеевной, что и я усвоил привычку смотреть на нее просто, как на человека, которому ничего нет постыдного и опасного выказывать удовольствие, доставляемое его обществом. Во все время моего с ней знакомства она мне казалась — днями — то очень некрасивой, то не слишком дурной девушкой, но я даже не спрашивал себя насчет ее ни разу: влюблен ли я, или нет. Мне случалось разговаривать с ней прямо, но чаще я разговаривал с нею, обращая при ней речь к Любовь Сергеевне или к Дмитрию, и этот последний способ особенно мне нравился. Я находил большое удовольствие говорить при ней, слушать ее пение и вообще знать о ее присутствии в той же комнате, в которой был я; но мысль о том, какие будут впоследствии мои отношения с Варенькой, и мечты о самопожертвовании для своего друга, ежели он влюбится в мою сестру, уже редко приходили мне в голову. Ежели же мне приходили такие мечты и мысли, то я, чувствуя себя довольным настоящим, бессознательно старался отгонять мысль о будущем.

Несмотря, однако, на это сближение, я продолжал считать своею непременною обязанностью скрывать от всего общества Нехлюдовых, и в особенности от Вареньки, свои настоящие чувства и наклонности и старался выказывать себя совершенно другим молодым человеком от того, каким я был в действительности, и даже таким, какого не могло быть в действительности. Я старался казаться страстным, восторгался, ахал, делал страстные жесты, когда что-нибудь мне будто бы очень нравилось, вместе с тем старался казаться равнодушным ко всякому необыкновенному случаю, который видел или про который мне рассказывали; старался казаться злым насмешником, не имеющим ничего святого, и вместе с тем тонким наблюдателем; старался казаться логическим во всех своих поступках, точным и аккуратным в жизни, и вместе с тем презирающим все материальное. Могу смело сказать, что я был гораздо лучше в действительности, чем то странное существо, которое я пытался представлять из себя; но все-таки и таким, каким я притворялся, Нехлюдовы меня полюбили и, к счастию моему, не верили, как кажется, моему притворству. Одна Любовь Сергеевна, считавшая меня величайшим эгоистом, безбожником и насмешником, как кажется, не любила меня и часто спорила со мной, сердилась и поражала меня своими отрывочными, бессвязными фразами. Но Дмитрий оставался все в тех же странных, больше чем дружеских отношениях с нею и говорил, что ее никто не понимает и что она чрезвычайно много делает ему добра. Его дружба с нею точно так же продолжала огорчать все семейство.

Раз Варенька, разговаривая со мной про эту непонятную для всех нас связь, объяснила ее так:

— Дмитрий самолюбив. Он слишком горд и, несмотря на весь свой ум, очень любит похвалу и удивление, любит быть всегда первым, а *тетенька* в невинности души находится в адмирации перед ним и не имеет довольно такту, чтобы скрывать от него эту адмирацию, и выходит, что она льстит ему, только не притворно, а искренно.

Это рассуждение запомнилось мне, и потом, разбирая его, я не мог не подумать, что Варенька очень умна, и с удовольствием, вследствие этого, возвысил ее в своем мнении. Такого рода возвышения, вследствие открываемого мною в ней ума и других моральных достоинств, я производил, хотя и с удовольствием, с некоторой строгой умеренностью и никогда не доходил до восторга, крайней точки этого возвышения. Так, когда Софья Ивановна, не устававшая говорить про свою племянницу, рассказала мне, как Варенька в деревне, будучи ребенком, четыре года тому назад отдала без позволения все свои платья и башмаки крестьянским детям, так что их надо было отобрать после, я еще не сразу принял этот факт как достойный к возвышению ее в моем мнении, а еще подтрунивал мысленно над нею за такой непрактический взгляд на вещи.

Когда у Нехлюдовых бывали гости и между прочими иногда Володя и Дубков, я самодовольно и с некоторым спокойным сознанием силы домашнего человека удалялся на последний план, не разговаривал и только слушал, что говорили другие. И все, что говорили другие, мне казалось до того неимоверно глупо, что я внутренно удивлялся, как такая умная, логическая женщина, как княгиня, и все ее логическое семейство могло слушать эти глупости и отвечать на них.

Ежели б мне тогда пришло в голову сравнить с тем, что говорили другие, то, что я говорил сам, когда бывал один, я бы, верно, нисколько не удивлялся. Еще бы меньше я удивлялся, ежели бы я поверил, что наши домашние — Авдотья Васильевна, Любочка и Катенька — были такие же женщины, как и все, нисколько не ниже других, и вспомнил бы, что по целым вечерам говорили, весело улыбаясь, Дубков, Катенька и Авдотья Васильевна; как почти всякий раз Дубков, придравшись к чему-нибудь, читал с чувством стихи: «Au banquet de la vie, ifortuné convive...» или отрывки «Демона», и вообще с каким удовольствием и какой вздор они говорили в продолжение нескольких часов сряду.

Разумеется, что, когда бывали гости, Варенька меньше обращала на меня внимания, чем когда мы были одни, — и тогда уже не было ни чтения, ни музыки, которую я очень любил слушать. Разговаривая с гостями, она теряла для меня главную свою прелесть — спокойной рассудительности и простоты. Помню, как ее разговоры о театре и погоде с братом моим Володей странно поразили меня. Я знал, что Володя больше всего на свете избегал и презирал банальности, Варенька тоже всегда смеялась над притворно занимательными разговорами о погоде и т. п., — почему же, сойдясь вместе, они оба постоянно говорили самые несносные пошлости, и как будто стыдясь друг за друга? Всякий раз после таких разговоров я втихомолку злился на Вареньку, на другой день подсмеивался над бывшими гостями, но находил еще больше удовольствия быть одному в семейном кружке Нехлюдовых.

Как бы то ни было, я начинал находить больше удовольствия быть с Дмитрием в гостиной его матери, чем с ним одним с глазу на глаз.

Глава XLI.
ДРУЖБА С НЕХЛЮДОВЫМ

Именно в эту пору дружба моя с Дмитрием держалась только на волоске. Я уже слишком давно начал обсуживать его для того, чтобы не найти в нем недостатков; а в первой молодости мы любим только страстно и поэтому только людей совершенных. Но как скоро начинает мало-помалу уменьшаться туман страсти или сквозь него невольно начинают пробивать ясные лучи рассудка, и мы видим предмет нашей страсти в его настоящем виде с достоинствами и недостатками, — одни недостатки, как неожиданность, ярко, преувеличенно бросаются нам в глаза, чувства влечения к новизне и надежды на то, что не невозможно совершенство в другом человеке, поощряют нас не только к охлаждению, но к отвращению к прежнему предмету страсти, и мы, не жалея, бросаем его и бежим вперед, искать нового совершенства. Ежели со мною не случилось того же в отношении Дмитрия, то я обязан только его упорной, педантической, более рассудочной, чем сердечной привязанности, которой бы мне слишком совестно было изменить. Сверх того, нас связывало наше странное правило откровенности. Разойдясь, мы слишком боялись оставить во власти один другого все поверенные, постыдные для себя, моральные тайны. Впрочем, наше правило откровенности уже давно, очевидно для нас, не соблюдалось и часто стесняло нас и производило странные между нами отношения.

У Дмитрия в эту зиму я почти всякий раз, как приезжал, заставал его товарища по университету, студента Безобедова, с которым он занимался. Безобедов был маленький рябой, худой человечек, с крошечными, покрытыми веснушками ручками и огромными нечесаными рыжими волосами, всегда оборванный, грязный, необразованный и даже плохо занимавшийся. Отношения Дмитрия с ним, так же как и с Любовью Сергеевной, были мне непонятны. Единственная причина, по которой он мог выбрать его из всех товарищей и сойтись с ним, могла быть только та, что хуже Безобедова на вид не было студента во всем университете. Но, должно быть, именно поэтому Дмитрию приятно было наперекор всем оказывать ему дружбу. Во всех его отношениях с этим студентом выражалось это гордое чувство: «Вот, мол, мне все равно, кто бы вы ни были, мне все равны, и его люблю, значит и он хорош».

Я удивлялся, как ему не тяжело было постоянно принуждать себя и как несчастный Безобедов выдерживал свое неловкое положение. Мне очень не нравилась эта дружба.

Раз я приехал вечером к Дмитрию с тем, чтобы с ним вместе провести вечер в гостиной его матери, разговаривать и слушать пение или чтение Вареньки; но Безобедов сидел на верху. Дмитрий резким тоном ответил мне, что он не может идти вниз, потому что, как я вижу, у него гости.

— И что там веселого? — прибавил он. — Гораздо лучше здесь посидим, поболтаем. — Хотя меня вовсе не прельщала мысль просидеть часа два с Безобедовым, я не решался один пойти в гостиную и с досадой в душе на странности моего друга уселся на качающемся кресле и молча стал качаться. Мне очень досадно было на Дмитрия и на Безобедова за то, что они лишили меня удовольствия быть внизу; я ждал, скоро ли уйдет Безобедов, и злился на него и на Дмитрия, молча слушая их разговор. «Очень приятный гость! Сиди с ним!» — думал я, когда лакей принес чай, и Дмитрий должен был раз пять просить Безобедова взять стакан, потому что робкий гость при первом и втором стакане считал своей обязанностью отказываться и говорить: «Кушайте сами». Дмитрий, видимо принуждая себя, занимал гостя разговором, в который тщетно несколько раз хотел втянуть меня. Я мрачно молчал.

«Нечего делать такое лицо, что никто не смей подозревать, что я скучаю», — мысленно обращался я к Дмитрию, молча, равномерно раскачиваясь на кресле. Я все больше и больше, с некоторым удовольствием, разжигал в себе чувство тихой ненависти к своему другу. «Вот дурак, — думал я про него, мог бы провести приятно вечер с милыми родными, — нет, сидит с этим скотом; а теперь время проходит, будет уже поздно идти в гостиную», — и я взглядывал из-за края кресла на своего друга. И рука его, и поза, и шея, и в особенности затылок и коленки казались мне до того противны и оскорбительны, что я бы с наслаждением в эту минуту сделал ему какую-нибудь, даже большую, неприятность.

Наконец Безобедов встал, но Дмитрий не мог сразу отпустить такого приятного гостя; он ему предложил ночевать, на что, к счастию, Безобедов не согласился и вышел.

Проводив его, Дмитрий вернулся и, слегка самодовольно улыбаясь и потирая руки, — должно быть, и тому, что он таки выдержал характер, и тому, что избавился, наконец, от скуки, — стал ходить по комнате, изредка взглядывая на меня. Он был мне еще противнее. «Как он смеет ходить и улыбаться?» — думал я.

— Зачем ты злишься? — сказал он вдруг, останавливаясь против меня.

— Я совсем не злюсь, — отвечал я, как всегда отвечают в подобных случаях, — а только мне досадно, что ты притворяешься и передо мной, и перед Безобедовым, и перед самим собою.

— Какой вздор! Я никогда ни перед кем не притворяюсь.

— Я не забываю нашего правила откровенности, я тебе говорю прямо. Как я уверен, — сказал я, — тебе несносен этот Безобедов так же, как и мне, потому что он глуп и Бог знает что такое, но тебе приятно важничать перед ним.

— Нет! И во-первых, Безобедов прекрасный человек...

— А я говорю: да; я скажу тебе даже, что и твоя дружба к Любовь Сергеевне основана тоже на том, что она считает тебя Богом.

— Да я тебе говорю, что нет.

— А я говорю, что да, потому что я знаю это по себе, — отвечал я с жаром сдержанной досады и своею откровенностью желая обезоружить его, — я тебе говорил и повторяю, что мне всегда кажется, что я люблю тех людей, которые мне говорят приятное, а как разберу хорошенько, то вижу, что настоящей привязанности нет.

— Нет, — продолжал Дмитрий, сердитым движением шеи поправляя галстук, — когда я люблю, то ни похвалы, ни брань не могут изменить моего чувства.

— Неправда; ведь я тебе признавался, что, когда папа меня назвал дрянью, я несколько времени ненавидел его и желал его смерти; так же и ты...

— Говори за себя. Очень жалко, коли ты такой...

— Напротив, — вскричал я, вскакивая с кресел и с отчаянной храбростью глядя ему в глаза, — это нехорошо, что ты говоришь; разве ты мне не говорил про брата, — я тебе про это не поминаю, потому что это бы было нечестно, — разве ты мне не говорил... а я тебе скажу, как я тебя теперь понимаю.

И я, стараясь уколоть его еще больнее, чем он меня, стал доказывать ему, что он никого не любит, и высказывать ему все то, в чем, мне казалось, я имел право упрекнуть его. Я был очень доволен тем, что высказал ему все, совершенно забывая то, что единственно возможная цель этого высказывания, состоящая в том, чтоб он признался в недостатках, которые я обличал в нем, не могла быть достигнута в настоящую минуту, когда он был разгорячен. В спокойном же состоянии, когда он мог сознаться, я никогда не говорил ему этого.

Спор уже переходил в ссору, когда вдруг Дмитрий замолчал и ушел от меня в другую комнату. Я пошел было за ним, продолжая говорить, но он не отвечал мне. Я знал, что в графе его пороков была вспыльчивость, и он теперь преодолевал себя. Я проклинал все его расписания.

Так вот к чему повело нас наше правило *говорить друг другу все что мы чувствовали и никогда третьему ничего не говорить друг о друге* . Мы доходили иногда в увлечении откровенностью до самых бесстыдных признаний, выдавая, к своему стыду, предположение, мечту за желание и чувство, как, например, то, что я сейчас сказал ему; и эти признания не только не стягивали больше связь, соединявшую нас, но сушили самое чувство, и разъединяли нас; а теперь вдруг самолюбие не допустило его сделать самое пустое признанье, и мы в жару спора воспользовались теми оружиями, которые прежде сами дали друг другу и которые поражали ужасно больно.

Глава XLII.
МАЧЕХА

Несмотря на то, что папа хотел приехать с женою в Москву только после нового года, он приехал в октябре, осенью, в то время, когда была еще отличная езда с собаками. Папа говорил, что он изменил свое намерение, потому что дело его в сенате должно было слушаться; но Мими рассказывала, что Авдотья Васильевна в деревне так скучала, так часто говорила про Москву и так притворялась нездоровою, что папа решился исполнить ее желание.

— Потому что она никогда не любила его, а только всем уши прожужжала своею любовью, желая выйти замуж за богатого человека, — прибавляла Мими, задумчиво вздыхая, как бы говоря: «Не то бы сделали для него *некоторые люди* , если бы он сумел оценить их».

Некоторые люди были несправедливы к Авдотье Васильевне; ее любовь к папа, страстная, преданная любовь самоотвержения, была видна в каждом слове, взгляде и движении. Но такая любовь не мешала ей нисколько вместе с желанием не расставаться с обожаемым мужем — желать необыкновенного чепчика от мадам Аннет, шляпы с необыкновенным голубым страусовым пером и синего, венецианского бархата, платья, которое бы искусно обнажало стройную белую грудь и руки, до сих пор еще никому не показанные, кроме мужа и горничных. Катенька, разумеется, была на стороне матери, между же нами и мачехой установились сразу, со дня ее приезда, какие-то странные, шуточные отношения. Как только она вышла из кареты, Володя, сделав серьезное лицо и мутные глаза, расшаркиваясь и раскачиваясь, дошел к ее руке и сказал, как будто представляя кого-то.

— Имею честь поздравить с приездом милую мамашу и целовать ее ручку.

— А, милый сынок! — сказала Авдотья Васильевна, улыбаясь своей красивой, однообразной улыбкой.

— И второго сынка не забудьте, — сказал я, подходя тоже к ее руке и стараясь невольно перенять выражение лица и голоса Володи.

Ежели бы мы и мачеха были уверены во взаимной привязанности, это выражение могло бы означать пренебрежение к изъявлению признаков любви; ежели бы мы уже были дурно расположены друг к другу, оно могло бы означать иронию, или презрение к притворству, или желание скрыть от присутствующего отца наши настоящие отношения и еще много других чувств и мыслей; но в настоящем случае выражение это, которое очень пришлось к духу Авдотьи Васильевны, ровно ничего не значило и только скрывало отсутствие всяких отношений. Я впоследствии часто замечал и в других семействах, когда члены их предчувствуют, что настоящие отношения будут не совсем хороши, такого рода шуточные, подставные отношения; и эти-то отношения невольно установились между нами и Авдотьей Васильевной. Мы почти никогда не выходили из них, мы всегда были приторно учтивы с ней, говорили по-французски, расшаркивались и называли ее chere maman[1], на что она всегда отвечала шуточками в том же роде и красивой, однообразной улыбкой. Одна плаксивая Любочка, с ее

---

1 дорогой мамой

гусиными ногами и нехитрыми разговорами, полюбила мачеху и весьма наивно и иногда неловко старалась сблизить ее со всем нашим семейством; зато и единственное лицо во всем мире, к которому, кроме ее страстной любви к папа, Авдотья Васильевна имела хоть каплю привязанности, была Любочка. Авдотья Васильевна оказывала ей даже какое-то восторженное удивление и робкое уважение, очень удивлявшее меня.

Авдотья Васильевна в первое время часто любила, называя себя мачехой, намекать на то, как всегда дети и домашние дурно и несправедливо смотрят на мачеху и вследствие этого как тяжело бывает ее положение. Но, предвидя всю неприятность этого положения, она ничего не сделала, чтобы избежать его: приласкать того, подарить этого, не быть ворчливой, что бы ей было очень легко, потому что она была от природы невзыскательна и очень добра. И не только она не сделала этого, но, напротив, предвидя всю неприятность своего положения, она без нападения приготовилась к защите, и, предполагая, что все домашние хотят всеми средствами делать ей неприятности и оскорбления, она во всем видела умысел и полагала самым достойным для себя терпеть молча и, разумеется, своим бездействием не снискивая любви, снискивала нерасположение. Притом в ней было такое отсутствие той в высшей степени развитой в нашем доме способности понимания, о которой я уже говорил, и привычки ее были так противоположны тем, которые укоренились в нашем доме, что уже это одно дурно располагало в ее пользу. В нашем аккуратном, опрятном доме она вечно жила, как будто только сейчас приехала: вставала и ложилась то поздно, то рано; то выходила, то не выходила к обеду; то ужинала, то не ужинала. Ходила почти всегда, когда не было гостей, полуодетая и не стыдилась нам и даже слугам показываться в белой юбке и накинутой шали, с голыми руками. Сначала эта простота понравилась мне, но потом очень скоро, именно вследствие этой простоты, я потерял последнее уважение, которое имел к ней. Еще страннее было для нас то, что в ней было, при гостях и без гостей, две совершенно различные женщины: одна, при гостях, молодая, здоровая и холодная красавица, пышно одетая, не глупая, не умная, но веселая; другая, без гостей, была уже немолодая, изнуренная, тоскующая женщина, неряшливая и скучающая, хотя и любящая. Часто, глядя на нее, когда она, улыбающаяся, румяная от зимнего холоду, счастливая сознанием своей красоты, возвращалась с визитов и, сняв шляпу, подходила осмотреться в зеркало, или, шумя пышным бальным открытым платьем, стыдясь и вместе гордясь перед слугами, проходила в карету, или дома, когда у нас бывали маленькие вечера, в закрытом шелковом платье и каких-то тонких кружевах около нежной шеи, сияла на все стороны однообразной, но красивой улыбкой, — я думал, глядя на нее: что бы сказали те, которые восхищались ей, ежели б видели ее такою, как я видел ее, когда она, по вечерам оставаясь дома, после двенадцати часов дожидаясь мужа из клуба, в каком-нибудь капоте, с нечесаными волосами, как тень ходила по слабо освещенным комнатам. То она подходила к фортепьянам и играла на них, морщась от напряжения, единственный вальс, который знала, то брала книгу романа и, прочтя несколько строк из средины, бросала его, то, чтоб не будить людей, сама подходила к буфету, доставала оттуда огурец и холодную телятину и съедала ее, стоя у окошка буфета, то снова, усталая, тоскующая, без цели шлялась из комнаты в комнату. Но более всего разъединяло нас с ней отсутствие понимания, выражавшееся преимущественно в свойственной ей манере снисходительного внимания, когда с ней говорили о вещах, для нее непонятных. Она была не виновата в том, что сделала бессознательную привычку слегка улыбаться одними губами и наклонять голову, когда ей рассказывали вещи, для нее мало занимательные (а кроме ее самой и ее мужа, ничто ее не занимало); но эта улыбка и наклонение головы, часто повторенные, были невыносимо отталкивающие. Ее веселость, как будто подсмеивающаяся над собой, над вами и над всем светом, была тоже неловкая, никому не сообщавшаяся; ее чувствительность — слишком приторная. А главное — она не стыдилась беспрестанно говорить всякому о своей любви к папа. Хотя она нисколько не лгала, говоря про то, что вся жизнь ее заключается в любви к мужу, и хотя она доказывала это всей своей жизнью, но, по нашему пониманию, такое беззастенчивое, беспрестанное свержение про свою любовь было отвратительно, и мы стыдились за нее, когда она говорила это при посторонних, еще более, чем когда она делала ошибки во французском языке.

Она любила своего мужа более всего на свете, и муж любил ее, особенно первое время и когда он видел, что она не ему одному нравилась. Единственная цель ее жизни была приобретение любви своего мужа; но она делала, казалось, нарочно все, что только могло быть ему неприятно, и все с целью доказать ему всю силу своей любви и готовности самопожертвования.

Она любила наряды, отец любил видеть ее в свете красавицей, возбуждавшей похвалы и удивление; она жертвовала своей страстью к нарядам для отца и больше и больше привыкала сидеть дома в серой блузе. Папа, считавший всегда свободу и равенство необходимым условием в семейных отношениях, надеялся, что его любимица Любочка и добрая молодая жена сойдутся искренно и дружески; но Авдотья Васильевна жертвовала собой и считала необходимым оказывать настоящей хозяйке дома, как она называла Любочку, неприличное уважение, больно оскорблявшее папа. Он играл много в эту зиму, под конец много проигрывал и, как всегда, не желая смешивать игру с семейною жизнию, скрывал свои игорные дела от всех домашних. Авдотья Васильевна жертвовала собой и, иногда больная, под конец зимы даже беременная, считала своей обязанностью, в серой блузе, с нечесаной головой, хоть в четыре или пять часов утра, раскачиваясь, идти навстречу папа, когда он, иногда усталый, проигравшийся, пристыженный, после восьмого штрафа, возвращался из клуба. Она спрашивала его рассеянно о том, был ли он счастлив в игре, и с снисходительной внимательностью, улыбаясь и покачивая головою, слушала, что он говорил ей о том, что он делал в клубе, и о том, что он в сотый раз ее просит никогда не дожидаться его. Но хотя проигрыш и выигрыш, от которого, по его игре, зависело все состояние папа, нисколько не интересовали ее, она снова каждую ночь первая встречала его, когда он возвращался из клуба. К этим встречам, впрочем, кроме своей страсти к самопожертвованию, побуждала ее еще затаенная ревность, от которой она страдала в сильнейшей степени. Никто в мире не мог бы ее убедить, что папа возвращался поздно из клуба, а не от любовницы. Она старалась прочесть на лице папа его любовные тайны; и не прочтя ничего, с некоторым наслаждением горя вздыхала и предавалась созерцанию своего несчастия.

Вследствие этих и многих других беспрестанных жертв в обращении папа с его женою в последние месяцы этой зимы, в которые он много проигрывал и оттого был большей частью не в духе, стало уже заметно перемежающееся чувство *тихой ненависти* , того сдержанного отвращения к предмету привязанности, которое выражается бессознательным стремлением делать все возможные мелкие моральные неприятности этому предмету.

Глава XLIII.
НОВЫЕ ТОВАРИЩИ

Зима прошла незаметно, и уже опять начинало таять, и в университете уже было прибито расписание экзаменов, когда я вдруг вспомнил, что надо было отвечать из восемнадцати предметов, которые я слушал и из которых я не слышал, не записывал и не приготовил ни одного. Странно, как такой ясный вопрос: как же держать экзамен? — ни разу мне не представился. Но я был всю зиму эту в таком тумане, происходившем от наслаждения тем, что я большой и что я comme il faut, что, когда мне и приходило в голову: как же держать экзамен? — я сравнивал себя с своими товарищами и думал: «Они же будут держать, а большая часть их еще не comme il faut, стало быть, у меня еще лишнее перед ними преимущество, и я должен выдержать». Я приходил на лекции только потому, что уж так привык и что папа усылал меня из дома. Притом же знакомых у меня было много, и мне было часто весело в университете. Я любил этот шум, говор, хохотню по аудиториям; любил во время лекции, сидя на задней лавке, при равномерном звуке голоса профессора мечтать о чем-нибудь и наблюдать товарищей; любил иногда с кем-нибудь сбегать к Матерну выпить водки и закусить и, зная, что за это могут распечь после профессора, робко скрипнув дверью, войти в аудиторию; любил участвовать в проделке, когда курс на курс с хохотом толпился в коридоре. Все это было очень весело.

Когда уже все начали ходить аккуратнее на лекции, профессор физики кончил свой курс и простился до экзаменов, студенты стали собирать тетрадки и партиями готовиться, я тоже подумал, что надо готовиться. Оперов, с которым мы продолжали кланяться, но были в самых холодных отношениях, как я говорил уже, предложил мне не только тетрадки, но и пригласил готовиться по ним вместе с ним и другими студентами. Я поблагодарил его и согласился, надеясь этой честью совершенно загладить свою бывшую размолвку с ним, но просил только, чтоб непременно все собирались у меня всякий раз, так как у меня квартира хорошая.

Мне отвечали, что будут готовиться по переменкам, то у того, то у другого, и там, где ближе. В первый раз собрались у Зухина. Это была маленькая комнатка за перегородкой в большом доме на Трубном бульваре. В первый назначенный день я опоздал и пришел, когда уже читали. Маленькая комнатка была вся закурена, даже не вакштафом, а махоркой, которую курил Зухин. На столе стоял штоф водки, рюмка, хлеб, соль и кость баранины.

Зухин, не вставая, пригласил меня выпить водки и снять сюртук.

— Вы, я думаю, к такому угощенью не привыкли, — прибавил он.

Все были в грязных ситцевых рубашках и нагрудниках. Стараясь не выказывать своего к ним презрения, я снял сюртук и лег по-*товарищески* на диван. Зухин, изредка справляясь по тетрадкам, читал, другие останавливали его, делая вопросы, а он объяснял сжато, умно и точно. Я стал вслушиваться и, не понимая многого, потому что не знал предыдущего, сделал вопрос.

— Э, батюшка, да вам нельзя слушать, коли вы этого не знаете, — сказал Зухин, — я вам дам тетрадки, вы пройдите это к завтраму; а то что ж вам объяснять.

Мне стало совестно за свое незнание, и вместе с тем, чувствуя всю справедливость замечания Зухина, я перестал слушать и занялся наблюдениями над этими новыми товарищами. По подразделению людей на comme il faut и не comme il faut они принадлежали, очевидно, ко второму разряду и вследствие этого возбуждали во мне не только чувство презрения, но и некоторой личной ненависти, которую я испытывал к ним за то, что, не быв comme il faut, они как будто считали меня не только равным себе, но даже добродушно покровительствовали меня. Это чувство возбуждали во мне их ноги и грязные руки с обгрызенными ногтями, и один отпущенный на пятом пальце длинный ноготь у Оперова, и розовые рубашки, и нагрудники, и ругательства, которые они ласкательно обращали друг к другу, и грязная комната, и привычка Зухина беспрестанно немножко сморкаться, прижав одну ноздрю пальцем, и в особенности их манера говорить, употреблять и интонировать некоторые слова. Например, они употребляли слова: *глупец* вместо дурак, *словно* вместо точно, *великолепно* вместо прекрасно, *движучи* и т. п., что мне казалось книжно и отвратительно непорядочно. Но еще более возбуждали во мне эту комильфотную ненависть интонации, которые они делали на некоторые русские и в особенности иностранные слова: они говорили ма́шина вместо маши́на, де́ятельность вместо де́ятельность, на́рочно вместо наро́чно, в камине́ вместо в ками́не, Ше́кспир вместо Шекспи́р, и т. д., и т. д.

Несмотря, однако, на эту, в то время для меня непреодолимо отталкивающую, внешность, я, предчувствуя что-то хорошее в этих людях и завидуя тому веселому товариществу, которое соединяло их, испытывал к ним влеченье и желал сблизиться с ними, как это ни было для меня трудно. Кроткого и честного Оперова я уже знал; теперь же бойкий, необыкновенно умный Зухин, который, видимо, первенствовал в этом кружке, чрезвычайно нравился мне. Это был маленький плотный брюнет с несколько оплывшим и всегда глянцевитым, но чрезвычайно умным, живым и независимым лицом. Это выражение особенно придавали ему невысокий, но горбатый над глубокими черными глазами лоб, щетинистые короткие волоса и частая черная борода, казавшаяся всегда небритой. Он, казалось, не думал о себе (что всегда мне особенно нравилось в людях), но видно было, что никогда ум его не оставался без работы. У него было одно из тех выразительных лиц, которые несколько часов после того, как вы их увидите в первый раз, вдруг совершенно изменяются в ваших глазах. Это случилось под конец вечера, в моих глазах, с лицом Зухина. Вдруг на его лице показались новые морщины, глаза ушли глубже, улыбка стала другая, и все лицо так изменилось, что я с трудом бы узнал его.

Когда кончили читать, Зухин, другие студенты и я, чтоб доказать свое желание быть товарищем, выпили по рюмке водки, и в штофе почти ничего не осталось. Зухин спросил, у кого есть четвертак, чтоб еще послать за водкой какую-то старую женщину, которая прислуживала ему. Я предложил было своих денег, но Зухин, как будто не слыхав меня, обратился к Оперову, и Оперов, достав бисерный кошелек, дал ему требуемую монету.

— Ты смотри не запей, — сказал Оперов, который сам ничего не пил.

— Небось, — отвечал Зухин, высасывая мозг из бараньей кости (я помню, в это время я думал: от этого-то он так умен, что ест много мозгу).

— Небось, — продолжал Зухин, слегка улыбаясь, а улыбка у него была такая, что вы невольно замечали ее и были ему благодарны за эту улыбку, — хоть и запью, так не беда; уж теперь, брат, посмотрим, кто кого собьет, он ли меня, или я его. Уж готово, брат, — добавил он, хвастливо щелкнув себя по лбу. — Вот Семенов не провалился бы, он что-то сильно закутил.

Действительно, тот самый Семенов с седыми волосами, который в первый экзамен меня так обрадовал тем, что на вид был хуже меня, и который, выдержав вторым вступительный экзамен, первый месяц студенчества аккуратно ходил на лекции, закутил еще до репетиций и под конец курса уже совсем не показывался в университете.

— Где он? — спросил кто-то.

— Уж и я его из виду потерял, — продолжал Зухин, — в последний раз мы с ним вместе Лиссабон разбили. Великолепная штука вышла. Потом, говорят, какая-то история была... Вот голова! Что огня в этом человеке! Что ума! Жаль, коли пропадет. А пропадет наверно: не такой мальчик, чтоб с его порывами он усидел в университете.

Поговорив еще немного, все стали расходиться, условившись и на следующие дни собираться к Зухину, потому что его квартира была ближе ко всем прочим. Когда все вышли во двор, мне стало несколько совестно, что все шли пешком, а я один ехал на дрожках, и я, стыдясь, предложил Оперову довезти его. Зухин вышел вместе с нами и, заняв у Оперова шелковый, пошел на всю ночь куда-то в гости. Дорогой Оперов рассказал мне многое про характер и образ жизни Зухина, и, приехав домой, я долго не спал, думая об этих новых, узнанных мною людях. Я долго, не засыпая, колебался, с одной стороны, между уважением к ним, к которому располагали меня их знания, простота, честность и поэзия молодости и удальства, с другой стороны — между отталкивающей меня их непорядочной внешностью. Несмотря на все желание, мне было в то время буквально невозможно сойтись с ними. Наше понимание было совершенно различно. Была бездна оттенков, составлявших для меня всю прелесть и весь смысл жизни, совершенно непонятных для них, и наоборот. Но главною причиною невозможности сближения были мое двадцатирублевое сукно на сюртуке, дрожки и голландская рубашка. Эта причина была в особенности важна для меня: мне казалось, что я невольно оскорбляю их признаками своего благосостояния. Я чувствовал себя перед ними виноватым и, то смиряясь, то возмущаясь против своего незаслуженного смирения и переходя к самонадеянности, никак не мог войти с ними в ровные, искренние отношения. Грубая же, порочная сторона в характере Зухина до такой степени заглушалась в то время для меня той сильной поэзией удальства, которую я предчувствовал в нем, что она нисколько не неприятно действовала на меня.

Недели две почти каждый день я ходил по вечерам заниматься к Зухину. Занимался я очень мало, потому что, как говорил уже, отстал от товарищей и, не имея сил один заняться, чтоб догнать их, только притворялся, что слушаю и понимаю то, что они читают. Мне кажется, что и товарищи догадывались о моем притворстве, и часто я замечал, что они пропускали места, которые сами знали, и никогда не спрашивали меня.

С каждым днем я больше и больше извинял непорядочность этого кружка, втягиваясь в их быт и находя в нем много поэтического. Только одно честное слово, данное мною Дмитрию, не ездить никуда кутить с ними, удержало меня от желания разделять их удовольствия.

Раз я хотел похвастаться перед ними своими знаниями в литературе, в особенности французской, и завел разговор на эту тему. К удивлению моему, оказалось, что, хотя они выговаривали иностранные заглавия по-русски, они читали гораздо больше меня, знали, ценили английских и даже испанских писателей, Лесажа, про которых я тогда и не слыхивал. Пушкин и Жуковский были для них литература (а не так, как для меня, книжки в желтом переплете, которые я читал и учил ребенком). Они презирали равно Дюма, Сю и Феваля и судили, в особенности Зухин, гораздо лучше и яснее о литературе, чем я, в чем я не мог не сознаться. В знании музыки я тоже не имел перед ними никакого преимущества. Еще к большему удивлению моему, Оперов играл на скрипке, другой из занимавшихся с нами студентов играл на виолончели и фортепьяно, и оба играли в университетском оркестре, порядочно знали музыку и ценили хорошую. Одним словом, все, чем я хотел похвастаться перед ними, исключая выговора французского и немецкого языков, они знали лучше меня и нисколько не гордились этим. Мог бы я похвастаться в моем положении светскостью, но ее я не имел, как Володя. Так что же такое было та высота, с которой я смотрел на них? Мое знакомство с князем Иваном Иванычем? выговор французского языка? дрожки? голландская рубашка ? ногти? Да уж не вздор ли все это? — начинало мне глухо приходить иногда в голову под влиянием чувства зависти к товариществу и добродушному молодому веселью, которое я видел перед собой. Они все были на «ты». Простота их обращения доходила до грубости, но и под этой грубой внешностью был постоянно виден страх хоть чуть-чуть оскорбить друг друга. *Подлец, свинья* , употребляемые ими в ласкательном смысле, только коробили меня и мне подавали повод к внутреннему подсмеиванию, но эти слова не оскорбляли их и не мешали им быть между собой на самой искренней дружеской ноге. В обращении между собой они были так осторожны и деликатны, как только бывают очень бедные и очень молодые люди. Главное же, что-то широкое, разгульное чуялось мне в этом характере Зухина и его похождениях в Лиссабоне. Я предчувствовал, что эти кутежи должны были быть что-то совсем другое, чем то притворство с жженым ромом и шампанским, в котором я участвовал у барона З.

Глава XLIV.
ЗУХИН И СЕМЕНОВ

Не знаю, к какому сословию принадлежал Зухин, но знаю, что он был из С. гимназии, без всякого состояния и, кажется, не дворянин. Ему было в то время лет восемнадцать, хотя на вид казалось гораздо больше. Он был необычайно умен, в особенности понятлив: ему легче было сразу обнять целый многосложный предмет, предвидеть все его частности и выводы, чем посредством сознания обсудить законы, по которым производились эти выводы. Он знал, что он был умен, гордился этим и вследствие этой гордости был одинаково со всеми прост в обращении и добродушен. Должно быть, он много испытал в жизни. Его пылкая, восприимчивая натура уже успела отразить в себе и любовь, и дружбу, и дела, и деньги. Хотя в малой мере, хотя в низших слоях общества, но не было вещи, к которой бы он, испытав ее, не имел не то презрения, не то какого-то равнодушия и невнимания, происходящих от слишком большой легкости, с которой ему все доставалось. Он, казалось, с таким жаром брался за все новое только для того, чтоб, достигнув цели, презирать то, чего он достигнул, и способная натура его достигала всегда и цели и права на презрение. В отношении науки было то же самое: занимаясь мало, не записывая, он знал математику превосходно и не хвастался, говоря, что собьет профессора. Ему казалось много вздоров в том, что ему читали, но с свойственным его натуре бессознательным практическим плутовством он тотчас же подделывался под то, что было нужно профессору, и все профессора его любили. Он был прям в отношениях с начальством, но начальство уважало его. Он не только не уважал и не любил науки, но презирал даже тех, которые серьезно занимались тем, что ему так легко доставалось. Науки, как он понимал их, не занимали десятой доли его способностей; жизнь в его студенческом положении не представляла ничего такого, чему бы он мог весь отдаться, а пылкая, деятельная, как он говорил, натура требовала жизни, и он вдался в кутеж такого рода, какой возможен был по его средствам, и предался ему с страстным жаром и желанием уходить себя, *чем больше во мне силы* . Теперь, перед экзаменами, предсказание Оперова сбылось. Он пропал недели на две, так что мы готовились уже последнее время у другого студента. Но в первый экзамен он, бледный, изнуренный, с дрожащими руками, явился в залу и блестящим образом перешел во второй курс.

С начала курса в шайке кутил, главою которых был Зухин, было человек восемь. В числе их сначала были Иконин и Семенов, но первый удалился от общества, не вынесши того неистового разгула, которому они предавались в начале года, второй же удалился потому, что ему и этого казалось мало. В первые времена все в нашем курсе с каким-то ужасом смотрели на них и рассказывали друг другу их подвиги.

Главными героями этих подвигов были Зухин, а в конце курса — Семенов. На Семенова все последнее время смотрели с каким-то даже ужасом, и когда он приходил на лекцию, что случалось довольно редко, то в аудитории происходило волнение.

Семенов перед самыми экзаменами кончил свое кутежное поприще самым энергическим и оригинальным образом, чему я был свидетелем благодаря своему знакомству с Зухиным. Вот как это было. Раз вечером, только что мы сошлись к Зухину, и Оперов, приникнув головой к тетрадкам и поставив около себя, кроме сальной свечи в подсвечнике, сальную свечу в бутылке, начал читать своим тоненьким голоском свои мелкоисписанные тетрадки физики, как в комнату вошла хозяйка и объявила Зухину, что к нему пришел кто-то с запиской.

Зухин вышел и скоро вернулся, опустив голову и с задумчивым лицом, держа в руках открытую записку на серой оберточной бумаге и две десятирублевые ассигнации.

— Господа! Необыкновенное событие, — сказал он, подняв голову и как-то торжественно серьезно взглянув на нас.

— Что ж, за кондиции деньги получил? — сказал Оперов, перелистывая свою тетрадку.

— Ну, давайте читать дальше, — сказал кто-то.

— Нет, господа! Я больше не читаю, — продолжал Зухин тем же тоном, — я вам говорю, непостижимое событие! Семенов прислал мне с солдатом вот двадцать рублей, которые занял когда-то, и пишет, что ежели я его хочу видеть, то чтоб приходил в казармы. Вы знаете, что это значит? — прибавил он, оглянув всех нас. Мы все молчали. — Я сейчас иду к нему, — продолжал Зухин, — пойдемте, кто хочет.

Сейчас же все надели сюртуки и собрались идти к Семенову.

— Не будет ли это неловко, — сказал Оперов своим тоненьким голоском, — что все мы, как редкость, придем смотреть на него?

Я был совершенно согласен с замечанием Оперова, особенно в отношении меня, который был почти незнаком с

Семеновым, но мне так приятно было знать себя участвующим в общем товарищеском деле и так хотелось видеть самого Семенова, что я ничего не сказал на это замечание.

— Вздор! — сказал Зухин. — Что ж тут неловкого, что мы все идем проститься с товарищем, где бы он ни был. Пустяки! Идем, кто хочет.

Мы взяли извозчиков, посадили с собой солдата и поехали. Дежурный унтер-офицер уже не хотел нас пускать в казарму, но Зухин как-то уговорил его, и тот же самый солдат, который приходил с запиской, провел нас в большую, почти темную, слабо освещенную несколькими ночниками комнату, в которой с обеих сторон на нарах, с бритыми лбами, сидели и лежали рекруты в серых шинелях. Вступив в казарму, меня поразил особенный тяжелый запах, звук храпения нескольких сотен людей, и, проходя за нашим проводником и Зухиным, который твердыми шагами шел впереди всех между нарами, я с трепетом вглядывался в положение каждого рекрута и к каждому прикладывал оставшуюся в моем воспоминании сбитую жилистую фигуру Семенова с длинными всклокоченными, почти седыми волосами, белыми зубами и мрачными блестящими глазами. В самом крайнем углу казармы у последнего глиняного горшочка, налитого черным маслом, в котором дымно, свесившись, коптился нагоревший фитиль, Зухин ускорил шаг и вдруг остановился.

— Здорово, Семенов, — сказал он одному рекруту с таким же бритым лбом, как и другие, который в толстом солдатском белье и в серой шинели внакидку, сидел с ногами на нарах и, разговаривая с другим рекрутом, ел что-то. Это был *он* , с обстриженными под гребенку седыми волосами, выбритым синим лбом и с своим всегдашним мрачным и энергическим выражением лица. Я боялся, что взгляд мой оскорбит его, и поэтому отворачивался. Оперов, кажется, тоже разделяя мое мнение, стоял сзади всех; но звук голоса Семенова, когда он своей обыкновенной отрывистой речью приветствовал Зухина и других, совершенно успокоил нас, и мы поторопились выйти вперед и подать — я свою руку, Оперов свою дощечку, но Семенов еще прежде нас протянул свою черную большую руку, избавляя нас этим от неприятного чувства делать как будто бы честь ему. Он говорил неохотно и спокойно, как и всегда:

— Здравствуй, Зухин. Спасибо, что зашел. А, господа, садитесь. Ты пусти, Кудряшка, — обратился он к рекруту, с которым ужинал и разговаривал, — с тобой после договорим. Садитесь же. Что? удивило тебя, Зухин? А?

— Ничего меня от тебя не удивило, — отвечал Зухин, усаживаясь подле него на нары, немножко с тем выражением, с каким доктор садится на постель больного, — меня бы удивило, коли бы ты на экзамены пришел, вот так-так. Да расскажи, где ты пропадал и как это случилось?

— Где пропадал? — отвечал он своим густым, сильным голосом, — пропадал в трактирах, кабаках; вообще в заведениях. Да садитесь же все, господа, тут места много. Подожми ноги-то, ты, — крикнул он повелительно, показав на мгновение свои белые зубы, на рекрута, который с левой стороны его лежал на нарах, положив голову на руку и с ленивым любопытством смотрел на нас. — Ну, кутил. И скверно. И хорошо, — продолжал он, изменяя при каждом отрывистом предложении выражение энергического лица. — Историю с купцом знаешь: умер каналья, Меня хотели выгнать. Что были деньги — все промотал. Да это все бы ничего. Долгов гибель оставалась — и гадких. Расплатиться было нечем. Ну, и все.

— Как же такая мысль могла прийти тебе, — сказал Зухин.

— А вот как: кутил раз в Ярославле, знаешь, на Стоженке, кутил с какие-то барином из купцов. Он рекрутский поставщик. Говорю: «Дайте тысячу рублей — пойду». И пошел.

— Да ведь как же, ты — дворянин, — сказал Зухин.

— Пустяки! Все обделал Кирилл Иванов.

— Кто Кирилл Иванов?

— Который меня купил (при этом он особенно — и странно, и забавно, и насмешливо блеснул глазами и как будто улыбнулся). Разрешение в сенате взяли. Еще покутил, долги заплатил, да и пошел. Вот и все. Что же, сечь меня не могут... пять рублей есть... А может, война...

Потом он начал рассказывать Зухину свои странные, непостижимые похождения, беспрестанно изменяя выражение энергического лица и мрачно блестя глазами.

Когда нельзя было больше оставаться в казармах, мы стали прощаться с ним. Он подал всем нам руку, крепко пожал наши и, не вставая, чтоб проводить нас, сказал:

— Заходите еще когда-нибудь, господа, нас еще, говорят, только в будущем месяце погонят, — и снова он как будто улыбнулся.

Зухин, однако, пройдя несколько шагов, снова вернулся назад. Мне хотелось видеть их прощанье, я тоже приостановился и видел, что Зухин достал из кармана деньги, подавал их ему, и Семенов оттолкнул его руку. Потом я видел, что они поцеловались, и слышал, как Зухин, снова приближаясь к нам, довольно громко прокричал:

— Прощай, голова! Да уж, наверно, я курса не кончу — ты будешь офицером.

В ответ на это Семенов, который никогда не смеялся, захохотал звонким, непривычным смехом, который чрезвычайно больно поразил меня. Мы вышли.

Всю дорогу домой, которую мы прошли пешком, Зухин молчал и беспрестанно немножко сморкался, приставляя палец то к одной, то к другой ноздре. Придя домой, он тотчас же ушел от нас и с того самого дня запил до самых экзаменов.

Глава XLV.
Я ПРОВАЛИВАЮСЬ

Наконец настал первый экзамен, дифференциалов и интегралов, а я все был в каком-то странном тумане и не отдавал себе ясного отчета о том, что меня ожидало. По вечерам на меня, после общества Зухина и других товарищей, находила мысль о том, что надо переменить что-то в своих убеждениях, что что-то в них не так и не хорошо, но утром, с солнечным светом, я снова становился comme il faut, был очень доволен этим и не желал в себе никаких изменений.

В таком расположении духа я приехал на первый экзамен. Я сел на лавку в той стороне, где сидели князья, графы и бароны, стал разговаривать с ними по-французски, и (как ни странно сказать) мне и мысль не приходила о том, что сейчас надо будет отвечать из предмета, который я вовсе не знаю. Я хладнокровно смотрел на тех, которые подходили экзаменоваться, и даже позволял себе подтрунивать над некоторыми.

— Ну что, Грап, — сказал я Иленьке, когда он возвращался от стола, — набрались страха?

— Посмотрим, как вы, — сказал Иленька, который, с тех пор как поступил в университет, совершенно взбунтовался против моего влияния, не улыбался, когда я говорил с ним, и был дурно расположен ко мне.

Я презрительно улыбнулся на ответ Иленьки, несмотря на то, что сомнение, которое он выразил, на минуту заставило меня испугаться. Но туман снова застлал это чувство, и я продолжал быть рассеян и равнодушен, так что даже тотчас после того, как меня проэкзаменуют (как будто для меня это было самое пустячное дело), я обещался пойти вместе с бароном З. закусить к Матерну. Когда меня вызвали вместе с Икониным, я оправил фалды мундира и весьма хладнокровно подошел к экзаменному столу.

Легкий мороз испуга пробежал у меня по спине только тогда, когда молодой профессор, тот самый, который экзаменовал меня на вступительном экзамене, посмотрел мне прямо в лицо и я дотронулся до почтовой бумаги, на которой были написаны билеты. Иконин, хотя взял билет с тем же раскачиваньем всем телом, с каким он это делал на предыдущих экзаменах, отвечал кое-что, хотя и очень плохо; я же сделал то, что он делал на первых экзаменах, я сделал даже хуже, потому что взял другой билет и на другой ничего не ответил. Профессор с сожалением посмотрел мне в лицо и тихим, но твердым голосом сказал:

— Вы не перейдете на второй курс, господин Иртеньев. Лучше не ходите экзаменоваться. Надо очистить факультет. И вы тоже, господин Иконин, — добавил он.

Иконин просил позволения переэкзаменоваться, как будто милостыни, но профессор отвечал ему, что он в два дня не успеет сделать того, чего не сделал в продолжение года, и что он никак не перейдет. Иконин снова жалобно, униженно умолял; но профессор снова отказал.

— Можете идти, господа, — сказал он тем же негромким, но твердым голосом.

Только тогда я решился отойти от стола, и мне стало стыдно за то, что я своим молчаливым присутствием как будто принимал участие в униженных мольбах Иконина. Не помню, как я прошел залу мимо студентов, что отвечал на их вопросы, как вышел в сени и как добрался до дому. Я был оскорблен, унижен, я был истинно несчастлив.

Три дня я не выходил из комнаты, никого не видел,

находил, как в детстве, наслаждение в слезах и плакал много. Я искал пистолетов, которыми бы мог застрелиться, ежели бы мне этого уж очень захотелось. Я думал, что Иленька Грап плюнет мне в лицо, когда меня встретит, и, сделав это, поступит справедливо; что Оперов радуется моему несчастью и всем про него рассказывает; что Колпиков был совершенно прав, осрамив меня у Яра; что мои глупые речи с княжной Корнаковой не могли иметь других последствий, и т. д., и т. д. Все тяжелые, мучительные для самолюбия минуты в жизни одна за другой приходили мне в голову; я старался обвинить кого-нибудь в своем несчастии: думал, что кто-нибудь все это сделал нарочно, придумывал против себя целую интригу, роптал на профессоров, на товарищей, на Володю, на Дмитрия, на папа, за то, что он меня отдал в университет; роптал на провидение, за то, что оно допустило меня дожить до такого позора. Наконец, чувствуя свою окончательную погибель в глазах всех тех, кто меня знал, я просился у папа идти в гусары или на Кавказ. Папа был недоволен мною, но, видя мое страшное огорчение, утешал меня, говоря, что, как это ни скверно, еще все дело можно поправить, ежели я перейду на другой факультет. Володя, который тоже не видел в моей беде ничего ужасного, говорил, что на другом факультете мне по крайней мере не будет совестно перед новыми товарищами.

Наши дамы вовсе не понимали и не хотели или не могли понять, что такое экзамен, что такое не перейти, и жалели обо мне только потому, что видели мое горе.

Дмитрий ездил ко мне каждый день и был все время чрезвычайно нежен и кроток; но мне именно поэтому казалось, что он охладел ко мне. Мне казалось всегда больно и оскорбительно, когда он, приходя ко мне на верх, молча близко подсаживался ко мне, немножко с тем выражением, с которым доктор садится на постель тяжелого больного. Софья Ивановна и Варенька прислали мне чрез него книги, которые я прежде желал иметь, и желали, чтобы я пришел к ним; но именно в этом внимании я видел гордое, оскорбительное для меня снисхождение к человеку, упавшему уже слишком низко. Дня через три я немного успокоился, но до самого отъезда в деревню я никуда не выходил из дома и, все думая о своем горе, праздно шлялся из комнаты в комнату, стараясь избегать всех домашних.

Я думал, думал и, наконец, раз поздно вечером, сидя один внизу и слушая вальс Авдотьи Васильевны, вдруг вскочил, взбежал на верх, достал тетрадь, на которой написано было: «Правила жизни», открыл ее, и на меня нашла минута раскаяния и морального порыва. Я заплакал, но уже не слезами отчаяния. Оправившись, я решился снова писать правила жизни и твердо был убежден, что я уже никогда не буду делать ничего дурного, ни одной минуты не проведу праздно и никогда не изменю своим правилам.

Долго ли продолжался этот моральный порыв, в чем он заключался и какие новые начала положил он моему моральному развитию, я расскажу в следующей, более счастливой половине юности.

24 сентября, Ясная Поляна

Also available from JiaHu Books:

Русланъ и Людмила — А. С. Пушкин - 9781909669000

Евгеній Онѣгинъ — А. С. Пушкин — 9781909669017

Пиковая дама, Медный всадник, Цыганы — А. С. Пушкин — 9781784350116

Капитанская дочка — А. С. Пушкин — 9781784350260

Борис Годунов — А. С. Пушкин — 9781784350291

Стихотворения: 1813-1820 — А. С. Пушкин — 9781784350864

Анна Каренина — Л. Н. Толстой — 9781909669154

Детство — Л. Н. Толстой — 9781784350949

Отрочество — Л. Н. Толстой — 9781784350956

Дядя Ваня — А. П. Чехов — 9781784350000

Три сестры — А. П. Чехов — 9781784350017

Вишнёвый сад — А. П. Чехов - 9781909669819

Чайка — А. П. Чехов — 9781909669642

Дуэль — А. П. Чехов — 9781784350024

Иванов — А. П. Чехов — 9781784350093

Шутки - А. П. Чехов — 9781784350109

Записки из подполья — Ф. Достоевский — 9781784350472

Бедные люди — Ф. Достоевский — 9781784350895

Повести и рассказы — Ф. Достоевский — 9781784350901

Двойник — Ф. Достоевский — 9781784350932

Рудин — И. С. Тургенев — 9781784350222

Записки охотника - И. С. Тургенев — 9781784350390

Нахлебник - И. С. Тургенев — 9781784350246

Отцы и дети — И. С. Тургенев - 978178435123

Ася — И. С. Тургенев — 9781784350079

Первая любовь — И. С. Тургенев — 9781784350086

Вешние воды — И. С. Тургенев — 9781784350253

Накануне — И. С. Тургенев — 9781784350512

Мать — Максим Горький — 9781909669628

Конармия — Исаак Бабель — 9781784350062

Человек-амфибия — А. Беляев - 9781784350369

Рассказ о семи повешенных и другие повести — Л. Н. Андреев — 9781909669659

Леди Макбет Мценского уезда и Запечатленный ангел - Н. С. Лесков - 9781909669666

Очарованный странник — Н. С. Лесков — 9781909669727

Некуда — Н. С. Лесков -9781909669673

Мы - Евгений Замятин- 9781909669758

Санин — М. П. Арцыбашев — 9781909669949

Двенадцать стульев — Ильф и Петров - 9781784350239

Золотой теленок — Ильф и Петров - 9781784350468

Мастер и Маргарита — М.А. Булгаков - 9781909669895

Собачье сердце — М.А. Булгаков — 9781909669536

Записки юного врача — М.А. Булгаков — 9781909669680

Роковые яйца — М.А. Булгаков — 9781909669840

Горе от ума — А. С. Грибоедов - 9781784350376

Рассказы для детей - Д. Хармс - 9781784350529

Евгений Онегин (Либретто) — 9781909669741

Пиковая Дама (Либретто) — 9781909669918

Борис Годунов (Либретто) — 9781909669376

Руслан и Людмила (Либретто) - 9781784350666

Раскіданае гняздо/Тутэйшыя - Янка Купала – 9781909669901